KB129388

기억 삭제, 하시겠습니까?

기억 삭제, 하시겠습니까?

작전명 : 판도라

남세오 장편소설

㈜자음과모음

차

례

토끼 굴에 빠지다, 제 발로

1

입학식이 진행될 일상고등학교 체육관 안은 어수선했다. 미리와 있던 재학생들이 반으로 갈라지며 만들어 준 공간에 나를 포함한 신입생이 걸어 들어갔다. 그런 우리를 이리저리 살펴보며 소곤대는 어른들이 보였다. 누군가의 부모님이겠지.

우리가 줄을 맞춰 서자 선생님이 조그만 선물을 나누어 주었다. 리본을 풀고 상자를 여니 학교 마크가 그려진 네모난 칩이 나왔다. 시냅스 칩이다. 이 칩을 오른쪽 귀 뒤에 설치된 뉴럴 소켓에 꽂으면 입학식에 대한 정보가 저절로 뇌 속으로 들어올 것이다. 나는 칩을 만지작거리다가 그제야 우리를 쳐다보는 어른 중에는 나를 찾을 사람이 없다는 사실을 떠올렸다.

부모님이 안 계시다는 사실을 까먹는 건 그리 나쁘지 않은 일이다. 그런 생각을 해 봐야 부모님이 살아 돌아오시는 것도 아니고 마음만 번잡해지니까. 설령 다시 돌아오신다고 해도 그게 좋은 일인지도 잘 모르겠다. 부모님이 날 잘 챙겨 주셨는지 기억이 나지 않는다. 요즘엔 부모님을 종종 까먹는 정도가 아니라 거의 잊고 산다. 지금처럼 내가 싸구려 뉴럴 소켓을 달고 있다는 사실을 인식할 때나 겨우 부모님이 떠오른다.

나는 왜 이런 엉터리 소켓을 달고 있는 거지? 그야 내가 직접 단 게 아니니까. 그래, 이건 부모님이 달아 준 거지. 지금은 안 계신 부모님이. 뭐 이런 식이다. 그러니 부모님에 대한 기억이 떠오르는 건 결코 유쾌한 일이 아니다. 가끔 까먹는 정도가 아니라 아예 생각이 나지 않았으면 좋겠다. 그럼 적어도 내가 부모님께 물려받은 조건들을 원망하지는 않는다는 뜻일 테니까.

"다들 나눠 준 시냅스 칩을 소켓에 꽂고 동기화하세요. 5분 후에 입학식이 시작됩니다!"

선생님의 목소리가 스피커에서 흘러나오자 체육관 앞에 설치된 커다란 스크린에서 카운트다운이 시작되었다. 싸구려 소켓을 달고 있는 나는 동기화에 시간이 더 걸리니 다른 애들보다 서둘러야 한다.

뉴럴 소켓은 중요하다. 이렇게 중요할 줄 알았다면 아마 부모님도 무리를 해서 좀 더 좋은 소켓을 달아 주지 않았을까? 모르겠다. 중요한 줄 알면서도 돈을 아꼈을 수도 있으니까. 생각해 봐야 소용없다. 이미 내 귀 뒤쪽에는 초등학교에 입학할 때 시술한 뉴럴 소켓이 달려 있고, 이제 와서 바꾸는 건 불가능하다. 돈이나 기술 문제가 아니다. 뉴럴 소켓은 시술한다고 바로 쓸 수 있는 게 아니다. 소켓에 적응하고 또 효율적으로 이용하는 걸 연습하느라 초등학교 육 년을 고스란히 쏟아부어야 했다. 그걸 처음부터 다시 하고 싶지는 않다. 이미 늦은 거다. 태어난 대로 살아야지. 아니, 설치된 대로 살아야지.

지금 내 소켓에는 중학교 3학년까지의 교육과정이 들어 있는 칩이 꽂혀 있다. 중학교 때 배운 모든 정보가 이 칩 안에 들어 있다. 말하자면 교과서인 셈이다. 교과서를 넘기며 글을 읽는 대신 칩을 꽂고 그 안에 들어 있는 정보를 떠올리기만 하면 된다. 힘들게 외우지 않아도 된다. 만세! 처음 뉴럴 소켓이 개발되었을 때 학생들은 이제 공부를 하지 않아도 된다고 환호성을 질렀단다. 뉴럴 소켓을 통해 시냅스 칩의 정보를 머릿속에서 떠올리는 과정이 책에서 필요한 정보가 있는 페이지를 찾는 것만큼이나 어렵다는 사실을 알기 전까지는.

소켓에 칩을 꽂았다고 해서 그 안에 들어 있는 정보가 순식간에 '번뜩' 하고 떠오르는 건 아니다. 책장을 넘겨 가며 필요한 정보를 찾듯이 하나하나 살펴보면서 내가 원하는 정보를 골라내야 한다. 이걸 배우는 게 결코 쉽지 않다. 차라리 옛날처럼 책을 보고 외우고 말지 하는 생각이 들 때도 있다. 연습하면 연습할수록 정보를 찾아내는 속도가 빨라진다. 그리고 이 속도를 높이는 가장 좋은 방법은 처음부터 성능 좋은 소켓을 다는 거다. 최신형 소켓은 칩을 꽂자마자 책 한 권을 다 읽은 것 같은 기분이 든다고 한다. 정말 부러운 일이지만 부러워해 봐야 소용없다. 얻을 수 없는 건 애초에 포기하는 게 마음이 편하니까.

칩에서 정보가 떠오르는 과정을 좀 더 자세히 설명하면 이렇다. 소켓에 칩이 꽂혀 있지 않으면 뭔가를 떠올리려고 했을 때 떠오르지 않는다. 예를 들어 투르크메니스탄의 수도가 어딘지를 떠올리려고 하면 '어, 뭐였더라?' 하는 상태가 된다. 궁금한 게 생겼는데 인터넷 검색을 못 하는 상황이라고 생각하면 된다. 칩이 꽂혀 있으면 아마 '아슈하바트'라는 단어가 바로 머릿속에 떠오를 것이다.

문제는 떠오르는 정보들이 여기서 끝나지 않는다는 점이다. 투르크메니스탄의 언어나 지리, 역사에 대한 정보뿐 아니라 다른 나라의 수도들까지 줄줄이 떠오른다. 게다가 생각할 때 투르크메니스탄과 수도 중에서 어느 부분을 더 힘주어 생각했느냐에 따라 떠오르는 정보의 순서도 달라진다. 빵빵한 풍선에서 푸슈슉 하고 공기가 빠져나오듯이, 온갖 정보가 칩에서 들쑥날쑥 튀어나오는 거다. 투르크메니스탄과 수도라는 개념이 잘 겹쳐질 수 있도록 고르게 나누어 생각하고 풍선 주둥이를 쥔 손을 조심스럽게 벌려서 아슈하바트라는 단어 하나만 톡 튀어나오도록 만드는 게 초등학교에서 지겹도록 반복하는 '연습'이다.

그리고 여기서 또 소켓의 성능이 한몫한다. 비싼 소켓에는 복잡한 알고리즘으로 동작하는 필터가 있어서, 대충 생각해도 제일 적합한 단어 하나만 튀어나온다. 혹은 후보가 될 수 있는 몇 개의 단어들이 우선순위에 따라 차례대로 떠오른다. 최고급 소켓은 지금 내가 처한 상황까지 종합적으로 분석해서 정보를 띄워 준다고 한다. 내가 달고 있는 싸구려 소켓이 목차와 페이지도 적혀 있지 않은 두꺼운 사전이라면, 비싼 소켓은 최신 인공지능 검색 엔진이 달린 데이터베이스라고 보면 된다. 당연히 경쟁이 되지 않는다. 대체 얼마나 열심히 노력해야 따라갈 수 있는 건지, 따라갈 수는 있는 건지 짐작하기도 힘들다.

하나의 시냅스 칩만 꽂고 평생을 살 수 있다면 그나마 나을지도 모른다. 하지만 안타깝게도 칩 하나에 들어갈 수 있는 정보량은 얼마 되지 않는다. 단순한 디지털 정보가 아니라 수많은 링크가 엮여 있는 시냅스 방식의 정보라서 정보량이 더 제한된다고 한다. 그러니 좋은 직업을 얻으려면 다양한 시냅스 칩을 그때그때 바꿔 끼우며 정보를 빠르게 떠올릴 수 있는 능력을 갖춰야 한다. 새로운 칩에 적응하는 속도 역시 당연히 소켓에 따라 천차만별이다. 좋은 소켓은 아예 인식할 수 있는 시냅스 칩의 용량 자체가 다르다. 여러 칩의 정보를 한데 모아 한꺼번에 꽂고 다닐 수 있다는 뜻이다. 소켓에 대한 불만을 늘어놓자면 끝이 없다. 그러니 여기서 그만.

딴생각을 하는 사이 벌써 1분 가까이 시간이 흘렀다. 나는 얼른 뉴럴 소켓 위에 손가락을 올렸다. 지문을 인식한 소켓에서 딩동 하고 알림음이 울렸다. 소켓에서 나는 소리는 골전도 방식이라 뼈를 통해 바로 달팽이관으로 전달된다. 나한테만 들린다는 뜻이다. 최신형은 청각을 처리하는 뇌 피질을 바로 자극한다고 했던 가? 아니, 이런 생각은 그만하고.

지문 인증을 확인하고 소켓 옆쪽에 있는 칩 해제 버튼을 눌렀다. 동시에 머릿속으로 칩을 해제하겠다는 생각을 반복했다. 전기 신호와 뇌파 신호가 모두 들어와야 칩이 해제된다. 다른 사람이 함부로 칩을 해제하는 걸 방지하기 위한 안전장치다. 번거로운 절차가 끝나자 철컥 하고 칩이 해제됐다. 소켓과 연결된 단자들이 하나씩 풀어지는 게 진동으로 느껴진다. 삐리릭 하는 알림음과 함께 소켓 위쪽으로 칩이 툭 튀어나온다. 끝부분을 잡고 시냅스 칩을 꺼내면 해제 완료다.

칩을 장착하는 과정은 해제 과정과 정확히 반대다. 딸각 소리가 나도록 칩을 꽂고 새 칩을 연결하겠다고 생각하며 버튼을 누르면 칩을 연결할 준비가 완료되었다는 신호음이 울린다. 마지막으로 지문까지 인식시키면 등록이 완료된다. 딩동 소리와 함께 소켓에서 목소리가 흘러나왔다.

[제9회 일상고등학교 입학식이 시작됩니다. 스크린에 표시되는 안내 문구를 확인하세요.]

스크린에서는 여전히 카운트다운이 진행 중이다. 칩에서는 아무런 정보도 떠오르지 않는다. 동기화가 잘 되었는지 조금 불안하다. 소켓 오류가 발생했던 적이 한두 번이 아니라서 새 칩을 꽂을 때는 항상 이런 심정이 되고 만다. 심호흡을 하며 마음을 가라앉히는데 뒤쪽에서 웅성대는 소리가 들렸다.

"저게 누구야? 서주미 대표 아냐?"

"서주미? 그럼 같이 들어오는 애가 서혜나?"

"서혜나도 여기 입학하는 거야? 진짜?"

서주미 대표를 모르는 사람은 없다. 사람들이 달고 있는 뉴럴 소켓의 절반 이상을 만드는 우리나라 최고의 회사 '디바인'의 대표니까. 내가 달고 있는 소켓도 디바인 제품이다. 아주 오래전에 판매 중지된 구형 모델이기는 하지만. 게다가 내가 살고 있는 이 도시는 거의 전체가 디바인에 의해 개발된 계획도시다. 연구소가 딸린 디바인의 지사가 있고, 도시 사람 대부분이 직간접적으로 디바인과 연관된 일을 한다. 그러니 서주미 대표는 이 도시에서만큼은 시장보다도 힘이 세다.

그 외동딸인 서혜나도 물론 잘 안다. 서혜나는 공개적인 활동을 하지 않는데도 아이돌 급의 인기를 누리고 있다. 나와 동갑이라는 걸 알고는 있었지만, 설마 이 학교에 입학할 줄은 몰랐다. 당연히 더 좋은 학교에 가거나 유학을 갈 거라고 생각했다.

서주미 대표와 서혜나, 두 사람이 걸어오는 길을 따라서 저절로 빈 공간이 생기며 사람들이 밀려났다. 체육관에 사람이 꽤 많았는데 그렇게 넓은 공간이 생기는 게 좀 신기했다. 자세히 보니 검은 그림자가 사람들을 밀어내는 것 같았다. 소켓이 말썽을 일으킬 때는 이상한 정보가 떠오르기도 하지만 허깨비가 보이거나 환청이 들리기도 한다. 얼른 정신을 가다듬으려고 했지만 소용없었다. 검은 옷을 입은 경호원들이 서주미 대표와 서혜나를 둥글게 둘러싸고 가까이 오는 사람들을 거칠게 밀어내는 모습이 점점 더 선명해졌다.

그런데 갑자기 검은 원 한쪽이 말려들더니 서주미 대표에게 거의 닿을 듯이 일그러졌다. 경호원 하나가 사람들을 제대로 밀어내지 못하고 오히려 뒷걸음질을 쳤다. 자세히 보니 그 앞에 할머니 한 분이 서 계셨다. 경호원이 차마 할머니를 밀지 못하고 뒤로 물러난 모양이었다.

더 놀라운 일은 그다음에 벌어졌다. 사정을 설명하려는 듯 돌아서는 경호원의 뺨을 서주미 대표가 그대로 후려쳤다. 비틀대는 경호원에게 밀려 할머니가 넘어졌다. 그 모습을 바라보던 서혜나의 표정이 일그러졌다. 웅성대는 사람들의 목소리가 높아진다. 지금 내가 보고 있는 게 허깨비가 아니라 진짜인가? 나는 얼른 옆에 있는 애에게 물어 봤다.

"너도 저게 보여?"

"보이지 그럼. 넌 안 보여?"

"그렇지? 보이지? 경호원들하고, 서주미 대표가 경호원 뺨 때린 거. 맞지?"

"무슨 헛소리를 하는 거야? 너 서서 꿈꿨냐?"

당황한 나는 다시 서주미 대표를 돌아봤다. 검은 옷을 입은 사람들 같은 건 없었다. 서주미 대표와 서혜나 두 사람뿐이었다. 서주미 대표는 넘어진 할머니를 손수 일으키고는 옷까지 털어 주고 있었다. 다정하게 말을 건네는 서주미 대표에게 할머니는 괜찮다며 연신 감사해했다.

꿈을 꾼 건 아니었다. 차라리 꿈이었으면 좋겠다. 이런 식으로 계속 허깨비를 보다간 정신 나간 사람 취급을 받을 테니까. 엉터리 소켓 때문에 생기는 문제라는 건 더더욱 들키고 싶지 않았다. 나는 얼른 당황한 표정을 지우고 다른 사람과 마찬가지로 존경하는 시선으로 서주미 대표를 바라보려 애썼다. 하지만 마음대로 되지 않았다. 티가 난 걸까. 싸늘하게 굳은 얼굴로 주변을 돌아보던 서혜나의 시선이 잠시 내게 멈췄다.

그 시선이 얼마나 머물러 있었는지 가늠이 되지 않았다. 어색할 정도로 길었던 것 같기도 하고, 아주 잠깐이었던 것 같기도 하다. 어쩌면 이것도 착각일지도 모른다. 서혜나 같은 애가 내게 관심을 보일 리 없으니까.

소동이 진정되자 두 사람은 다시 앞으로 걸어가기 시작했다. 서주미 대표는 맨 앞에 마련된 귀빈석에 앉았고 서혜나는 앞쪽에 있던 다른 애들 사이에 섞여 줄을 섰다. 어느새 카운트다운이 끝나고 입학식이 시작되었다. 행사 내용은 모두 칩에 들어 있다. 스크린에 뜨는 안내에 따라 필요한 정보가 머릿속에 떠올랐다. 교장 선생님의 훈화가 1분만에 끝난다는 건 분명 장점이긴 하다.

다음 순서는 일상 재단 이사장인 장인철의 훈화였다. 나를 포함한 입학생의 대부분은 이 도시에서 나고 자라며 일상초등학교와 일상중학교를 다녔기 때문에 교장 선생님보다 장인철 이사장이 더 익숙하다. 스크린의 안내 문구를 보고 있자니 저절로 머릿속에 이사장의 얼굴이 떠올랐다. 이사장을 직접 본 적은 한 번도 없지만, 몇 달에 한 번 정도는 이런 식으로 칩을 통해 인사말을 들을 수 있었다.

따뜻한 목소리로 신입생을 격려하는 이사장은 언제나처럼 인자했다. 부모님이 살아 계셨다면 이런 느낌일까? 가족 없이 혼자 사는 학생은 나 말고도 많다. 필요한 생필품은 매주 지급되기 때문에 사는 데 불편한 점은 전혀 없다. 그렇지만 생각해 보게 된다. 이사장 같은 사람이 아빠라면 어떨까. 서주미 대표 같은 사람이 엄마라면? 쓸데없는 생각이다. 저 사람들은 나와는 사는 세계가 다르다. 애초에 불가능한 망상을 해 봐야 득 될 게 없다.

갑자기 아까 서주미 대표가 경호원의 뺨을 때리던 모습이 떠올랐다. 그 생각을 하니 다정하기만 한 이사장의 목소리도 괜히 거들먹거리는 것처럼 들렸다. 하지만 전부 다 망상이다. 아무래도 싸구려 소켓에서 발생한 오류가 내 뇌에 부정적인 감정을 불러일으키는 것 같다. 불필요한 감정이다. 이 도시는 평온하고 평화롭다. 부족한 것도 없고 아쉬운 점도 없다. 나는 내게 주어진 것에 만족하며 살아가면 된다. 유일한 문제는 툭하면 오류를 일으키는 이 소켓뿐이다.

2

"뉴럴 소켓 모델마다 성능 차이가 있는 건 사실이지만, 너무 신경 쓸 필요는 없어요. 노력 여하에 따라 얼마든지 극복할 수 있으니까요. 어떤 소켓을 달고 있는지와 관계없이 여러분이 현대 사회의 일원으로 훌륭하게 살아갈 수 있도록 도와주는 게 바로 학교의 역할이죠."

새 학기가 시작되고 얼마 지나지도 않았는데 담임 선생님은 틈만 나면 그렇게 강조했다. 이제는 귀가 아플 정도다. 틀린 말은 아니다. 열심히 노력하면 못 할 일이 뭐가 있을까. 그 노력의 양이 소켓에 따라 달라진다는 게 문제지.

죽어라 노력했는데도 소켓이 안 좋다는 이유로 쉬엄쉬엄 준비한 애와 비슷한 성적을 받는 게 기분 좋을 리 없다. 이때 노력은 오히려 다른 애들에게 놀림 받는 이유가 된다. 열심히 노력했다는 건 그만큼 소켓이 안 좋다는 뜻이니까. 앞으로도 영원히 남들보다 두 배 세 배 더 노력해야 겨우 남들만큼의 성능을 낼 수 있는 비효율적인 인간이라는 사실을 증명하는 꼴이니까. 중학교 때의 담임 선생님은 차라리 솔직했다.

"옛날에도 마찬가지였어. 노력이니 뭐니 해도 타고난 머리가 좋은 애들은 이길 수가 없었다니까. 아, 방법이 하나 있었지. 비싼 학원에 다니는 거. 결국 유전자든 돈이든 좋은 걸 물려받아야 한다는 뜻이야. 그에 비하면 소켓 성능 차이는 아무것도 아니라니까. 살기 좋아졌지."

소켓 성능 차이가 아무것도 아니라는 건 차이가 없다는 뜻이 아니었다. 오히려 차이가 분명하다는 점에서 더 낫다는 거였다. 그 선생님은 적어도 지금 담임 선생님처럼 노력이라는 핑계로 내게 책임을 떠넘기진 않았다.

물론 살기 좋아진 것도 사실이다. 도시 어디를 봐도 살기 어렵다는 생각은 들지 않는다. 나는 그냥 학교를 다니며 주어지는 미션만 수행하면 된다.

"오늘은 이번 달 신규 정보를 업데이트해 주는 칩을 나눠 줄게요. 다들 교육과정 칩을 빼고 이 칩을 꽂으세요. 새로운 미션도 추가될 겁니다."

학교로부터의 공지사항이나 생활 정보, 최신 뉴스와 같은 것들은 모두 칩을 통해 전달된다. 스크린이나 책을 통해 일일이 글자를 읽어 가며 내용을 파악하지 않아도 되니 옛날보다는 편하지만, 그래도 여전히 칩을 직접 소켓에 꽂는 과정을 거쳐야 한다. 몇 개의 미션을 통해 정보를 익히고 나면 다시 교육과정 칩으로 바꿔 끼워야 하니 어떤 의미에서는 두 배로 불편하다.

"아, 저는 괜찮습니다. 벌써 자동으로 업데이트되어서요."

그렇게 말한 애는 장근형. 장인철 이사장의 아들이다. 장근형은 서혜나와 같은 반이 아니라는 사실을 안타까워하더니 며칠 지나지 않아 하늘에 태양이 두 개 있을 수는 없다느니 뭐 그런 이유를 대며 금방 우쭐대기 시작했다. 나쁜 애는 아니다. 그냥 좀 재수가 없을 뿐이다.

최고급 소켓을 시술받은 애들은 굳이 칩을 통해 신규 정보를 업데이트할 필요가 없다. 뉴럴 소켓의 펌웨어는 매주 월요일에 자동으로 업데이트된다. 이건 어떤 소켓이나 마찬가지다. 소켓을 시술하지 않은 사람은 없으니 모든 사람이 동시에 업데이트를 받는 셈이다. 이때 신규 정보도 같이 업데이트되면 좋으련만, 그건 불가능하다. 뉴럴 소켓의 다중 동시 연결 방식이 아니라면 뇌와 정보를 주고받을 수 없어서 그렇단다.

그런데 최고급 소켓은 예외다. 소켓에 임시 저장 공간이 충분하면 그곳에 신규 정보를 다운로드받은 뒤 바로 업데이트할 수 있다. 하여튼 비싼 소켓은 모든 게 다 좋다. 최근에는 기술이 발달해서 이 기능이 있는 소켓이 많이 저렴해졌지만, 내가 소켓을 시술받을 즈음에는 서혜나나 장근형 정도의 부자가 아니면 감히 엄두도 못 낼 가격이었다. 무심코 장근형에게 칩을 건네주려던 선생님이 얼굴이 빨개진 채 자기 머리를 콩콩 두드렸다.

"근형아, 미안. 선생님이 자꾸 까먹네. 기분 나쁜 건 아니지?"

"기분 나쁘긴요. 이런 소켓이 흔한 건 아니잖아요. 까먹으실 수도 있죠. 참, 저는 미션도 이미 다 끝내서요. 다른 친구들 좀 도와줘도 되죠?"

"그럼, 물론이지. 넌 어쩜 그렇게 착하기까지 하니?"

"에이, 그냥 노블레스 오블리주 같은 거죠."

노블레스 오블리주. 장근형이 입버릇처럼 외고 다니는 말이다. 장근형은 부자는 가난한 사람을 도와줌으로써 부자의 자격을 얻는다고 믿는다. 그러니 아까도 말했지만 나쁜 애는 아니다. 하지만 나는 가까이 하고 싶지 않다. 굳이 그 옆에서 도움을 받으며 내 소켓이 싸구려라는 사실을 되새기고 싶지 않아서다. 미션이라는 게 그렇게 대단히 어렵지도 않고.

선생님이 나눠 준 칩을 소켓에 꽂고 연결하겠다는 생각과 함께 버튼을 누르고 지문을 인식시키니 등록 완료를 알리는 메시지가 흘러나왔다. 새로운 칩을 나눠 주고 들어 있는 정보를 분석해 오는 게 학교에서 흔히 내 주는 '숙제'다. 숙제에는 난해한 지식들이 복잡하게 얽혀 있는 경우가 많지만, 신규 정보 업데이트 칩에는 보통 생활 정보가 들어 있다. 집 근처 상가가 몇 시까지 열고 어떤 것들을 파는지, 공사 등으로 지나갈 수 없는 길은 어디인지 등에 대한 안내 같은 것 말이다. 함께 주어지는 미션은 그런 정보를 잘 습득했는지 확인하는 간단한 내용이다.

제일 먼저 산책 미션이 떴다. 이 칩을 꽂고 칩이 안내해 주는 루트를 따라 학교 주변을 한 바퀴 돌아야 완료되는 모양이다.

"자, 오늘은 여기까지. 다들 미션 완료하는 거 잊지 말아요. 미루지 말고!"

아이들이 웅성대며 교실을 빠져나갔다. 내 소켓에서는 여전히 업데이트 내용을 요약한 공지가 떠오르는 중이었다. 나는 그걸 좌뇌로 듣고 우뇌로 흘렸다. 중요한 내용은 산책할 때 다시 나올 테니 그냥 빨리 미션을 완료하는 게 두 번 고생하지 않는 길이다.

미션 종료 지점은 내가 사는 집이었다. 전체 거리가 2킬로미터 정도니까 빨리 걸으면 30분 안에는 끝낼 수 있을 것 같다. 평소에 하교하던 루트보다 조금 돌아가는 길이었다. 새로 생긴 분식집 근처에 가니 광고가 흘러나왔다. 반사적으로 입에 침이 고였지만 이미 가게 앞에는 먼저 나온 애들의 줄이 길게 늘어서 있었다. 다들 미션을 수행하다가 광고를 듣고 식욕이 샘솟은 모양이다. 나는 눈을 꼭 감고 그곳을 지나쳤다.

칩에서 안내해 주는 대로 따라가다 보니 평소에 다니던 길과는 달리 인적이 뜸했다. 주변에 공사하는 곳이 있어서 우회로를 알려 주려는 것 같았다. 이 동네에 산 지 꽤 되었는데 이 골목으로 들어가 보는 건 처음이다. 얼마나 됐더라? 팔 년이었나. 아니면 구 년? 부모님이 돌아가시고 나서 이사한 거니까. 이런, 또 부모님이 떠올랐다. 생각을 털어 내려 고개를 절레절레 흔들다가 누군가 앞서 걸어가는 것을 보았다.

누구지? 나처럼 산책 미션 수행 중인가? 앞만 보고 직진하는 걸 보면 처음 걷는 길은 아닌 듯했다. 그런데 갑자기 걸음을 멈췄다. 그리고 두리번댄다. 갈림길 근처에 서 있던 나는 나도 모르게 옆으로 몸을 숨겼다. 왜 그랬을까? 어쨌든 들키지는 않은 것 같다. 곱슬거리는 단발을 한 키 작은 여자애였다. 교복을 입은 걸 보니 우리 학교 학생인가? 얼굴이 잘 보이지 않았다. 그 애는 몇 번 더 두리번대더니 재빨리 옆 골목으로 뛰어들었다. 언뜻 보기에는 순식간에 사라진 것처럼 보였다.

숨어 있던 곳에서 나와서 그 애가 사라진 곳으로 가 보았다. 그런데 좀 이상했다. 사라진 위치가 그렇게 멀지 않아 보였는데 한참을 걸어가도 옆으로 빠지는 길이 나오지 않았다. 칩에 들어 있는 지도에도 갈림길은 없었다. 정확히 말하면 눈으로 길을 보는 것보다 칩에 들어 있는 지도를 보는 게 먼저다. 별생각 없이 걷다 보면 그냥 지도를 따라 걷게 되니까. 지도에 갈림길이 표시되어 있지 않으면 옆으로 빠지는 길이 있는지 확인해 볼 생각도 하지 않게 된다.

걸어왔던 길을 되짚어 가 보았다. 산책 경로를 이탈했다는 알림이 흘러나왔다. 여전히 지도상으로는 쭉 뻗어 있는 외길이었다. 억지로 아까 상황을 떠올리며 열심히 두리번거려 보았다. 그러자 옆쪽으로 빠지는 좁은 골목길이 갑자기 눈에 들어왔다.

지도에는 없는 길이었다. 나는 혹시 내가 잘못된 정보를 떠올린 건 아닌지 몇 번이나 확인했다. 내 소켓은 싸구려니까 충분히 그럴 수 있다. 하지만 아무리 확인해 봐도 지도에는 길이 없었다. 지금까지 새로 업데이트한 지도가 틀렸던 적은 없다. 정확히는 지도에서 길이 있다고 했는데 없었던 적은 한 번도 없다. 지도에서 길이 없다고 했는데 있었던 적은? 내 기억으로는 없는 것 같다. 그런데 따져 보면 한 번도 없었다고는 말할 수 없다. 진짜로 길이 없는지 확인해 본 적이 없으니까. 내가 기억하는 게 맞는지 확인할 수는 있다. 하지만 기억하지 못하는 게 맞는지 확인할 수는 없다. 확인할 생각조차 못 해 볼 테니까.

이번이 바로 그걸 확인해 볼 수 있는 기회였다. 망상이겠거니 생각하면서도 그 마음을 억누르기 힘들었다. 마침 지켜보는 사람도 없다. 바보 같은 짓을 하다가 나뒹굴어도 놀림거리가 되진 않을 거다. 나는 조심스럽게 지도에 없는 골목으로 한 걸음 내디뎠다. 벽에 부딪힌다고 생각했는지 정신없이 알람이 울렸다. 멀쩡히 눈에 보이는 골목길로 들어서는데도 마치 벽으로 돌진하는 것 같은 느낌이 들어서 나도 모르게 눈을 꼭 감았다. 하지만 부딪히지 않았다. 골목 안으로 완전히 들어서자 알람 소리도 멎었다. 대신 미션을 잠깐 멈춘다는 메시지가 나왔다.

망상이 아니었다. 적어도 이번에는 그랬다. 나는 조심스럽게 앞을 향해 나아갔다. 눈으로 보이는 길을 따라 걷는데도 꼭 외줄 타기를 하는 것처럼 아슬아슬한 느낌이었다. 골목은 오른쪽으로 한 번, 왼쪽으로 두 번 꺾였다. 지도상으로 지금 내 위치는 공실인 상가 건물의 중앙 계단 앞인데, 눈앞에는 유리로 된 문이 보였다. 계단은 그 뒤에 있었다. 조심스럽게 문을 밀어 보았다. 스르륵, 별 저항 없이 문이 열렸다.

계단을 따라 올라가니 철문이 나왔다. 지도에는 건물의 기계실이라고 표시되어 있었고 들어가는 문도 없었다. 조심스럽게 손잡이를 잡고 돌려 보았다. 돌아가지 않았다. 문에는 도어 록이 달려 있었다.

내가 지금 뭘 하고 있는 거지? 이렇게 엉뚱한 일을 해 보는 건 태어나서 처음인 것 같다. 집과 학교를 오가며 주어진 미션을 완료하다 보면 저절로 시간이 간다. 가끔 소켓이 오류를 일으키면 무시하고 다시 세상이 정상으로 돌아오기를 기다렸다. 아마 지금도 소켓 오류 때문에 이러고 있는 건지도 모른다. 지도에 없는 길로 왔으니까. 하지만 진짜로 들어왔잖아. 그럼 실제로 길이 있다는 거 아닌가? 그럼 내가 맞고 소켓이 틀린 건가? 그럴 수도 있나?

고장 난 로봇처럼 닫힌 문 앞에 멍하니 서 있는데 갑자기 문이 확 열렸다. 나는 비명을 지르며 그 자리에 주저앉았다. 비명 두 개가 화음처럼 울렸다. 하나는 문을 연 사람이 낸 소리였다. 골목길에서 두리번거리던 그 여자애였다.

3

"으악! 너 누구야!"

대답할 겨를도 없이 두 번째 질문이 쏟아졌다.

"여기 어떻게 들어왔어?"

"그게, 그러니까⋯⋯."

잠시 침묵이 흐르고, 갑자기 문이 쾅 닫히며 여자애가 사라졌다. 안쪽에서 누군가가 외치는 소리가 들렸다.

"백소희! 무슨 일이야? 누가 왔어?"

"아니? 아무도 없어. 내가 잘못 들었나 봐."

"소희 너 정말⋯⋯. 끌고 들어 와! 도망치면 더 문제니까."

문이 다시 벌컥 열렸다. 나는 여전히 주저앉은 채였다. 키 작은 여자애가 인경에 손을 올리고는 인상을 잔뜩 찌푸린 채 나를 노려보았다. 안경도 동그랗고 얼굴도 동그란 애였다. 그러고 보니 학교에서 몇 번 마주친 것 같기도 하다. 몇 초 지나지 않아 그 애가 안경에 올렸던 손가락을 탁 튕기며 말했다.

"일상고등학교 1학년 4반 유수현. 신원은 확인했어. 문제가 되면 나중에 제거하면 되니까."

"제거를 어떻게 하니. 일단 끌고 들어 와!"

유수현. 내 이름이다. 1학년 4반인 것도 맞다. 저 애는 백소희겠지. 안에서 그렇게 불렀으니까. 몇 학년 몇 반인지는 당연히 모른다. 지금 꽂고 있는 칩에 그런 정보는 들어 있지 않다.

"오케이, 오케이. 자."

백소희가 내게 손을 내밀었다. 그걸 잡고 당겼다간 일어나기는 커녕 둘 다 쓰러질 것 같아서 얼른 땅에 손을 짚고는 벌떡 일어났다. 백소희의 손은 그대로 내밀어진 채로 나를 따라 올라왔다. 악수를 하자는 뜻인가 싶어 가볍게 손을 잡았다.

"어, 만나서 반가워. 나는 유수현이고, 어, 어?"

내 말은 들은 척도 않은 채 백소희는 내 손을 그대로 움켜쥐고는 나를 문 안으로 끌어들였다. 등 뒤로 쾅 하고 문 닫히는 소리가 들렸다. 철컥, 도어 록이 잠기는 소리도 났다. 실내는 꽤 어두워서 눈이 적응하는 데 시간이 좀 걸렸다. 눈을 가늘게 뜨고 주변을 두리번거리는 내게 백소희가 말했다.

"여길 어떻게 들어왔어? 어서 자백해!"

"아니, 나는 그냥……."

"거짓말했다간 가만두지 않을 거야! 이사장이 보냈어?"

"이사장? 무슨 이사장?"

"이사장을 모른다고? 너 일상고등학교 학생 아냐? 점점 수상해지는데."

장인철 이사장을 말하는 건가 보다. 나는 이사장을 알지만 이사장은 나를 모른다. 그러니 당연히 이사장이 나를 이곳에 보냈을 리도 없다. 여긴 도대체 뭐하는 곳인데 그런 걸 물어보지? 나는 아까 내가 본 상황을 설명했다.

"그냥 따라왔어. 네가 골목으로 들어가는 걸 보고."

"시끄러워! 말도 안 되는······!"

"아, 백소희, 그만해. 내가 너 언젠가는 들킬 거라고 했지?"

한숨을 푹 내쉬며 말한 건 팔짱을 낀 채로 창가에 기대고 있는 사람이었다. 해를 등지고 있어서 얼굴은 보이지 않았다. 그런데 실루엣만으로도 어딘가 눈에 익었다.

"아니라니까! 분명히 확인했어, 아무도 없는 거. 그리고 애초에 누가 그 길로 다닌다고! 아무도 안 다니는 길이잖아. 어떤 최단 경로에도 포함되지 않는다며."

백소희가 발을 동동 구르며 변명했다. 안쪽 구석에 놓인 커다란 모니터 뒤편에서 코맹맹이 소리가 들려왔다.

"내가 메시지 보내지 않았나? 새로 업데이트된 생활 정보 집에 그 길이 산책 루트로 포함되었어. 근처가 공사 중이라."

"메시지? 언제? 아, 아까 그 메시지? 야! 고민중! 중요한 거면 중요하다고 제목에 써 놨어야지!"

"그만들 해. 이미 벌어진 일이니까. 그보다 좀 궁금한데. 아무리 백소희가 들어오는 모습을 들켰다고 해도 보통 사람에게 그 골목길은 보이지 않는단 말야."

창가에 기대고 있던 사람이 한 걸음 앞으로 나오며 말했다. 먼지 하나 내려앉지 않을 것처럼 단정하게 빗은 검은 머리가 찰랑댔다. 그림자가 물러나며 그 애의 얼굴이 드러났다. 누군지 알아볼 수 있었다. 우리 학교에서 저 애를 모르는 사람은 없으니까.

"어? 서혜나?"

"흥. 너무 많은 걸 봐 버렸는데. 아무래도 제거하는 수밖에 없겠어."

백소희가 그렇게 말하며 공격 자세를 취했다. 서혜나가 백소희의 어깨를 툭툭 치고는 저벅저벅 나에게 다가왔다. 분명 서혜나다. 디바인의 대표 서주미의 외동딸. 입학식 날 서혜나를 보고 까무러치던 아이들이 생각났다. 반은 달라도 학교에서 서혜나를 보는 건 어렵지 않았다. 아이들이 몰려서 웅성거리는 곳을 보면 십중팔구 서혜나가 있었다. 그 서혜나가 코앞까지 다가와서는 내게 손을 내밀었다. 나도 모르게 침을 꿀꺽 삼켰다. 서혜나의 부드러운 손이 내 뺨에 닿았다. 그러고는 내 얼굴을 옆으로 돌려 귀 뒤에 달린 뉴럴 소켓을 유심히 살펴보았다.

"멤브레인 C407. 무슨 모델이지?"

모니터 뒤에 앉아 있던 고민중이라는 애가 바퀴 달린 의자를 툭 밀며 앞으로 나왔다. 머리에 눈앞에 보조 정보를 띄워 주는 헤드 마운트 디스플레이를 뒤집어쓴 채였다. 기다란 팔을 메뚜기처럼 허공에 휘저으며 고민중이 대답했다.

"멤브레인? 완전 구형이지. 구형 중에서도 저가형이야. 근데 C407이면 일반적으로 선택하는 모델은 아냐. 커스텀이 가능하다는 이유로 멤브레인 중에서는 쓸데없이 비싼 편이거든. 그런데 그 돈이면 차라리 애시드 라이트나 팔각방주를 사는 게 나아. 그러니까 둘 중 하나지. 완전 마니악한 취향이 있거나, 아니면 속아서 바가지를 썼거나."

부모님에 대한 새로운 정보다. 마니악하거나 멍청하거나. 별로 알고 싶지 않았다. 그보다 하루에 몇 번이나 부모님을 떠올리는 건 정말 싫다.

"마니악이라면 어떤 쪽이야? 이 모델이 무슨 모델이길래?"

"뭐라고 해야 하나, 칩 정보를 강제로 블록하는 기능이 있거든. '가끔은 눈을 돌려 자연을 바라보세요' 같은 거랄까. 뉴럴 소켓 자체를 불신하던 시대의 유물이야. 지금은 아무도 넣지 않는 기능이지, 오류만 잔뜩 만들어 내니까."

그래, 그런 거였구나. 부모님은 내게 그냥 싸구려 소켓을 달아 준 게 아니었구나. 아주 적극적으로 쓰레기를 달아 준 거였구나.

마니악하거나 아니면 멍청해서.

서혜나가 고개를 끄덕였다.

"역시. 그래서 골목길을 알아본 거였군. 보통 사람이라면 벽으로 막혀 있는 곳을 쳐다볼 생각 자체를 안 했을 테니까."

"거봐. 내 잘못 아니지? 그치?"

백소희가 끼어들자 서혜나가 백소희를 돌아보며 피식 웃었다. 그러고는 백소희의 짧은 곱슬머리 사이에 손가락을 넣고는 가볍게 헝클어뜨리며 말했다.

"너 때문이기는 한데, 잘못이었는지는 좀 더 두고 봐야겠어. 잘못이었다고 판단되면 제거는 네게 맡길게."

"오케이! 맡겨만 주세요!"

백소희가 착 경례를 하며 딱 부러지게 대답했다. 뭐가 어떻게 돌아가는 건지 알 수 없었지만, 어찌되었든 이 애들에게 제거되고 싶지는 않았다.

"잠깐, 잠깐, 뭐가 뭔지 설명이라도 해 줘! 지금 너희가 하는 말 하나도 못 알아듣겠으니까."

"흠, 지금 당장은 설명해 줘도 못 알아들을 거고…… 하나만 물어볼게. 지금 네가 달고 있는 소켓이 내가 볼 땐 좀 특별해 보이거든. 그걸 이용해서 할 수 있는 일이 있다고 하면 어떻게 할래? 한번 해 볼 거야?"

"내 소켓? 지금 달고 있는 소켓 말야?"

"그래, 그 소켓."

"이거 별로 좋은 소켓 아닌데."

"좋은 건 아니지. 하지만 그 마니악한 기능이 우리에게는 필요하거든."

솔직히 말하면, 나는 누군가가 이런 말을 해 주기를 기다렸다. 사실은 내가 달고 있는 소켓이 엄청나게 좋은 소켓이라고. 아니, 엄청 좋을 필요도 없고, 그냥 생각보다 쓸모가 있다고. 그러면 대체 누가 나에게 이런 엉터리 소켓을 달아 주었을까 하는 생각을 자꾸 하지 않아도 될 테니까. 서혜나가 내게 무언가를 같이 하자고 말할 정도라면 쓸모라는 기준은 충분히 통과하고도 남는다.

그런데 서혜나가 좋은 쪽으로만 유명한 건 아니었다. 범접하기 어려울 정도로 도도한 모습 뒤로는 순진한 애들을 꼬여다가 디바인에서 개발하는 새로운 소켓의 실험 대상으로 삼는다는 소문이 돌았다. 물론 괜한 질투에서 나온 헛소문일 게 분명하다. 진짜로 실험 대상이 필요하다면 서혜나가 직접 구하는 것보다 훨씬 쉬운 방법이 많을 테니까. 그런데 막상 이런 제안을 받으니 그 소문이 떠오르지 않을 수 없었다.

"혹시나 해서 물어보는 건데, 나로 무슨 실험하고 그런 건 아니지? 디바인에서 개발하는 소켓 관련 실험 같은 거 말야."

"내가 그런 짓을 할 것 같아?"

그렇게 쏘아붙이는 서혜나의 눈이 날카롭게 변했다. 입학식에서 서혜나와 눈이 마주쳤던 게 생각났다. 경호원의 뺨을 때리던 서주미 대표의 모습도 다시 떠올랐다. 나는 나도 모르게 뺨을 부여잡으며 변명을 늘어놓았다.

"아니, 그게 아니라, 대표님이 엄마이기도 하니까…… 도와줄 수도 있고."

"걱정하지 마. 내가 그 사람을 도와줄 일은 절대 없을 테니까."

서혜나의 목소리가 차가웠다. 거짓말 같지는 않았다.

"그럼 뭘 하자는 거야. 여기가 뭐 하는 곳인데?"

그 질문에 대답을 한 건 다시 한번 튀어나온 고민중이었다.

"여기? 여기는 삭제된 곳이지. 기억이 닿지 않는 곳. 모든 칩의 정보와 끊어져 있는 곳. 그래서 평범한 사람은 올 수 없는 곳."

"그래, 지도에는 나와 있지 않더라. 그래도 눈에는 길이 보이던데."

"그야 네가 '봤으니까'. 다른 사람에게는 안 보여."

"다른 사람들 눈에는 그 길이 안 보인다고? 길이 있는데?"

"눈에는 보이지. 뇌에 안 보일 뿐이지."

"무슨 소린지 모르겠어. 눈에는 보이는데 뇌에는 안 보인다고?"

설명을 들어도 전혀 감이 잡히지 않았다. 서혜나가 팔짱을 긴 채 내 앞으로 한 걸음 더 다가오며 물었다.

"그래서 말했잖아. 말해 줘도 모를 거라고. 이해하려면 시간이 필요할 텐데 우리에게 그걸 기다려 줄 여유는 없어. 결정은 지금

해야 해. 할 거야, 말 거야?"

"안 하면 어떻게 되는데?"

"제거되는 거지!"

백소희가 소리쳤다. 고민중이 고개를 절레절레 흔들며 다시 모니터 뒤로 돌아갔다. 어이가 없었다. 아무래도 백소희에게는 제대로 된 답을 들을 수 있을 것 같지가 않았다. 나는 서혜나를 바라보며 물었다.

"제거라니? 뭐야, 죽이기라도 한단 소리야?"

"아니. 번거롭게 죽이긴. 이곳으로부터 제거하는 거야. 간단히 말하면 기억을 삭제하는 거지. 저기 앉아 있는 민중이가 그런 쪽 전문이거든."

그 말을 들은 고민중이 모니터 뒤에서 소리쳤다.

"오해하지 마! 난 기억 제거에 기본적으로 반대하는 입장이라고! 하지만 뭐, 대의를 위해서라면 어쩔 수 없이 악역을 맡아야 하는 경우도 있으니까."

"그럼! 우리에게 협조 안 하면 적이지!"

백소희가 덧붙였다. 기억을 제거한다고? 그런 게 가능하다는 소리는 처음 들어 보았다. 물론 불가능하다는 소리도 들어 본 적 없기는 하다. 기억을 지운다는 개념 자체를 떠올려 본 게 아예 처음이다. 아직 뭐가 뭔지 전혀 알 수 없었지만, 서혜나는 내가 이해할 시간을 주지 않았다.

"그래서, 예스야 노야?"

4

솔직히 그 분위기에 '노'라고 할 사람은 없다. 서혜나는 사실상 답을 정해 놓고 강요한 거다. 그런데 오래 생각을 해 봤어도 '예스'라고 했을 것 같기는 하다. 애초에 그런 곳에 제 발로 찾아간 사람이 모든 궁금증을 접은 채 그냥 뒤돌아 나왔을 리는 없다. 그러니 결정은 내가 아니라 서혜나가 한 셈이다. 내 기억을 지워 버리려다가, 그러지 말고 같이 일해 보기로.

"말로 설명하는 것보다 직접 겪어 보는 게 나을 거야. 미션을 하나 줄게."

"무슨 미션?"

"잠시만."

서혜나가 나를 바라보며 자신의 뉴럴 소켓에 손가락을 올렸다. 잠시 후, 내 소켓에서 메시지가 흘러나왔다.

[서혜나로부터 10만 원이 입금되었습니다. 승인하시겠습니까?]

"이거 뭐야? 왜 돈을 줘?"

"요 앞 편의점에서 과자 좀 사다 줘."

"뭐?"

"난 딸기송이!"

백소희가 번쩍 손을 들며 외쳤다. 어이가 없어서 할 말을 잃었다. 그런 나를 보며 서혜나가 말했다.

"장난하는 거 아닌데. 이유는 두 가지야. 첫 번째는, 진짜로 직접 해 보면 무슨 미션인지 이해가 갈 거야. 두 번째는, 앞으로도 종종 이해가 가지 않는 미션을 줄 텐데 날 믿고 따라 줄 수 있는지 확인하는 거야."

"세 번째는, 미션을 완료하면 맛있는 과자가 생깁니다!"

백소희가 덧붙였다. 그 말을 듣고는 서혜나가 피식 웃으며 한마디 더 했다.

"그렇지, 미션에는 보상이 있어야지. 거스름돈은 너 가져. 보상으로."

"내가 거지인 줄 알아? 이딴 심부름이나 시키고? 돈 많으면 그래도 돼?"

아무리 봐도 이 애들은 날 갖고 노는 것 같다. 순순히 예스라고 한 내가 너무 만만해 보였던 모양이다. 그런데 장난이라기에는 서혜나의 표정이 너무 진지했다.

"싫으면 10만 원 꽉 채워서 사 와. 그리고 심부름 아니라니까? 내가 장담하는데 이 미션, 쉽지 않을 거야."

솔직히 '그' 서혜나가 이렇게 진지한 표정으로 무언가를 부탁하는데 들어주지 않을 사람은 없을 거다. 부탁이 아니라 명령에 가깝기는 했지만, 적어도 나쁜 일은 아니니까. 자존심은 좀 상했지만 얼른 사 가서 왜 이런 미션을 시킨 건지 따져 보고 싶기도 했다. 아니, 무엇보다도 궁금했다. 과자 사 오는 게 대체 뭐가 그렇게 어려운 건지. 일단 어울려 보다가 영 아니다 싶으면 그만두지 뭐. 그렇게 생각하며 걷다 보니 어느새 편의점 앞이었다.

과자로만 10만 원을 채우는 것도 쉽지 않았다. 그냥 3만 원어치만 사고 나머지는 돌려주기로 했다. 딸기송이도 잊지 않고. 처음 들었을 때는 기분 나빠했으면서 착실히 미션을 수행하고 있는 나 자신이 좀 우스웠다. 그래도 미션은 미션이니까. 원래 미션은 생각 없이 수행하는 거다.

과자 봉지를 들고 돌아가다가 당황했다. 눈앞에 나타난 건 우리 집이었다. 나도 모르게 집으로 와 버렸다. 서혜나가 준 미션을 하고 있었다는 사실을 까맣게 잊어버린 거다. 보통 미션은 소켓의 알림 시스템에 등록이 된다. 수행 단계별로 알림이 오기 때문에 일일이 기억할 필요도, 신경 쓸 필요도 없다. 집 앞에 도착했다는 걸 깨달은 것도 산책 미션이 거의 완료되었으니 조금만 더 힘을 내라는 메시지가 흘러나와서였다.

이왕 집에 온 김에 현관 앞을 찍고 산책 미션을 완료했다. 다음 미션 몇 개가 떴지만 일단은 전부 보류했다. 줄줄이 이어지는 안

내는 무시하고 업데이트된 동네 지도를 다시 떠올렸다. 표시되어 있던 산책 루트가 사라져서 내가 지나온 길이 어디였는지 확인하는 데 조금 시간이 필요했다.

일단 길을 되짚어 근처에 가 보니 아까 그 골목길이 대충 어디였는지는 가늠이 갔다. 지도에는 비밀 아지트에 대한 정보가 없으니 오로지 뇌에 있는 기억으로만 길을 찾아야 했다. 이게 미션이라고 했던 서혜나의 의도가 조금은 짐작이 갔다. 아지트로 다시 찾아올 수 있는지 보려는 거 아닐까. 그렇다고 처도 나를 너무 무시했다는 생각이 든다. 아무리 지도에 없어도 한 번 갔던 곳을 못 찾아갈 리가 없다.

백소희가 사라졌던 골목길을 찾는 건 어렵지 않았다. 눈앞에 쭉 뻗은 좁은 길이 보였다. 이 길을 따라가다 보면 오른쪽으로 빠지는 길이 하나 있어야 한다. 지도에는 없지만 실제로는 있다. 나는 시선을 오른쪽에 고정하고 천천히 길을 따라갔다. 하지만 끝까지 빠지는 길은 보이지 않았다.

이상하다. 오른쪽이 아니고 왼쪽이었나? 다시 길을 되짚어 갔다. 이번에는 왼쪽, 아니, 반대로 가는 거니까 이번에도 오른쪽을 봐야지. 길은 없었다. 어떻게 된 거지? 아예 양쪽을 다 확인해야 하나? 아니면 이 길이 아니었나? 아니다. 아무리 생각해도 이 길이 확실하다. 그런데 왜 빠지는 길이 없지? 중간에 잠깐 딴생각을 했나?

시계를 보니 벌써 한 시간 가까이 지나 있었다. 편의점에 가서 과자를 사 오는 것 치고는 너무 많은 시간을 써 버렸다. 당황스럽고 혼란스러웠다. 그때 뒤에서 누군가가 나를 부르는 소리가 들렸다.

"어, 이게 누구야? 유수현 아냐?"

돌아보니 장근형이 나를 바라보며 웃고 있었다. 그 뒤로 양민준과 구한서가 보였다. 둘은 나처럼 싸구려 소켓을 달고 있는 애들로, 항상 장근형 뒤를 쫓아다닌다. 장근형은 아까 선생님에게 말한 대로 다른 애들의 미션을 도와주고 있는 모양이다. 산책 같은 간단한 미션에 도움을 받을 필요는 없지만, 뭐가 되었든 장근형에게 도움을 받는 게 저 둘의 역할이다. 이쯤 하면 저 무리가 어떤 식으로 굴러가는지 대충 짐작이 갈 거다.

"뭐야, 너도 미션 중이구나? 산책 미션. 뭐 이런 걸 미션으로 주는지 몰라, 귀찮게. 안 그러냐? 근데 왜 이렇게 헤매고 있어? 혹시 소켓에 문제 생겼어?"

"아냐. 신경 쓰지 마."

"신경이 쓰이지. 같은 반 친구인데. 어려운 일 있을 때는 친구끼리 돕는 거잖아. 안 그러냐?"

"어려운 일 없다니까."

"없기는. 야, 나만 따라와. 잘못해서 근처 공사 구역으로 들어가면 감점인 거 알지? 지금 애네들도 그게 걱정된다고 해서 도와주는 중이야."

친구들 미션을 도와줘 봐야 장근형에게 득될 건 없다. 봉사 점수를 받는 것도 아니다. 게다가 장근형은 이 근처에 살지도 않고 매일 차를 타고 통학하니 길을 알아도 양민준과 구한서가 더 잘 알 것이다. 그런데도 이렇게 나서는 걸 보면 도와주고 싶다는 마음만큼은 진심인 모양이다.

역시 장근형은 나쁜 애는 아니다. 오히려 부족한 애들을 도와주는 좋은 애다. 그래. 부족한 애들. 싸구려 소켓을 달고 있는 애들. 그래서 세상은 장근형 같은 애들을 좋은 애라고 평가한다. 그리고 부족하면서도 그런 도움을 거절하는 나 같은 애들은 나쁜 애다. 나쁘거나, 이상하거나.

"마음은 고마운데, 됐어. 안 도와줘도 돼."

"마음이 고마우면 받아. 괜찮다니까."

"아니, 됐다니까. 나 그 미션 벌써 했어."

"했다고?"

"어."

"그럼 여기서 뭐 하는 건데?"

오늘따라 장근형이 더 집요하다. 나와 비슷한 처지인 같은 반 애들 중 유독 나만 자신의 도움을 거절하는 걸 장근형은 무척 신경 쓰여 한다. 내가 자기 무리에 끼지 않는 게 자신의 노블레스 오블리주에 흠집을 내는 잡티 같은 거라고 생각한다. 지금까지 몇 번이나 핑계를 대며 빠져나왔는데, 오늘은 기어이 결론을 내고 싶은 모양이다.

물론 나는 비밀 아지트에 대한 일을 장근형에게 말해 줄 생각이 전혀 없다. 비밀이라서도 있지만, 장근형네 무리에 끼기는 싫어하면서 서혜나의 과자 심부름을 하고 있는 상황을 설명하고 싶지 않았다.

"알 필요 없잖아."

"근데 너, 그 봉지는 뭐야? 과자 아냐?"

양민준이 불쑥 끼어들었다. 양민준과 구한서 입장에서는 무리에 끼지 않는 내가 고까워 보일지도 모른다. 아니면 적당히 장근형의 기분을 맞춰 주려는 걸 수도 있다. 솔직히 난 저 두 사람이 어떻게 살든 관심 없는데, 둘은 그렇지 않은 것 같다. 그 말을 들은 장근형이 봉지를 보며 물었다.

"뭐? 그게 다 과자야? 뭐야, 오늘 파티해?"

"아니, 그게 아니라……."

"야, 수현이 너, 설마 내가 그 과자 뺏어 먹을까 봐 피하려고 한 거야? 이 장근형을 뭘로 보고."

"아니라니까!"

나도 모르게 소리를 빽 질렀다. 장근형의 눈에 순간 나를 안쓰럽게 보는 빛이 스치고 지나갔다. 내가 아니라고 해 봤자 그렇게 믿을 거다. 장근형은 고개를 절레절레 흔들며 떠나갔다. 양민준과 구한서도 나를 노려보고는 장근형의 뒤를 따랐다.

세 사람은 백소희가 사라졌던 그 골목으로 들어갔다. 나는 그 애들이 걸어가는 모습을 유심히 바라보았다. 셋은 중간에 빠지는 길이 있으리라고는 전혀 생각하지 않는 듯 두리번거리지도 않고 곧장 앞을 향해 나아갔다. 장근형 무리가 시야에서 사라지기를 기다렸다가 나도 걷기 시작했다.

한참을 걷던 나는 어느 순간 내 손에 과자 봉지가 들려 있는 걸 발견했다.

"어? 이거? 아, 맞다."

고개를 들어 보니 또 집 앞이었다. 잠시 방심한 사이 또 서혜나가 준 미션을 까먹고 집으로 돌아온 거다. 서혜나가 장담한 대로, 미션은 쉽지 않았다.

내가 아까 아지트로 빠지는 길을 찾지 못한 이유도 깨달았다. 그 골목길을 걸으면서도 뭘 찾고 있는지를 수시로 까먹었기 때문이다. 그러니 길이 눈에 들어와도 제대로 보지 못했던 거다. 말 그대로 좌뇌로 보고 우뇌로 흘린 거다. 눈으로는 봐도 뇌에는 보이지 않는다는 말도 조금 이해가 갔다. 그나마 과자 봉지를 들고 있지 않았다면 내가 지금 서혜나가 준 미션을 하는 중이었다는 사실을 까맣게 잊고 집에 들어가 씻고 침대에 쓰러졌을지도 모른다.

내 뇌에 문제가 생긴 걸까. 싸구려 소켓을 너무 오래 달고 살아서 뇌가 망가져 버린 걸까. 갑자기 피곤해졌다. 하지만 이대로 포기하면 서혜나가 준 미션을 영영 잊을지도 모른다. 미션도, 비밀 아지트도 잊고 오늘 그곳에서 있었던 일은 하나도 기억하지 못한 채 살아갈지도 모른다. 혹시 이게 기억 삭제인 건가? 나도 모르는 새에 소켓을 해킹당해 서서히 기억이 삭제되고 있는 걸까?

서혜나는 내 소켓에 있는 마니악한 기능이 필요하다고 했다. 나에게 도대체 무슨 일이 일어나고 있는 건지 확인하려면 아지트를 다시 찾아가는 방법밖에는 없다. 기억이 더 희미해지기 전에 미션을 완료해야 한다. 벌써 하늘이 어둑해지기 시작했다.

순간 어떤 생각이 머릿속을 스쳤다. 길이 나오지 않는, 아니, 없다고 나오는 지도는 방해가 될 뿐이다. 나는 소켓에서 지도가 든 칩을 뺐다. 그리고 순전히 뇌 속의 기억에만 의존해 서혜나의 아지트를 다시 찾아가기 시작했다.

봉지에서 딸기송이 상자를 꺼냈다. 상자를 뜯고 안에 든 과자를 꺼내 씹어 먹으며 내가 지금 어디에 가고 있는지, 이 과자를 누가 사 오라고 했는지를 반복해서 되뇌었다. 그리고 골목길에서 백소희가 두리번거리던 모습과 그 위치를 머릿속에 새겼다.

과자가 거의 다 떨어져 갈 때쯤, 드디어 백소희가 사라진 곳에 도착했다. 벽을 바라보았다. 눈앞에 무언가가 보였다. 주변의 벽과 색이 다르고 거리감도 다른 무언가가 어른거렸다. 그런데도 그곳이 길이라는 생각은 들지 않았다. 그냥 이상하게 생긴 벽처럼 느껴졌다. 심호흡을 한 번 하고는 그 안으로 발을 내디뎠다. 부딪힐 것 같아서 몸이 저절로 움츠러들었다. 그래도 눈을 감지는 않왔다.

잠시 후, 나는 좁은 길 초입에 들어와 있었다. 동시에 기억이 떠올랐다. 오른쪽으로 한 번, 왼쪽으로 두 번.

5

"뭐야! 왜 이렇게 늦었어! 과자 기다리다가 굶어 죽겠다."

문을 벌컥 연 건 백소희였다. 백소희는 내 손에서 과자 봉지만 빼앗아 안으로 쏙 들어갔다. 내가 따라 들어가자 모니터 뒤에서 헤드 마운트를 쓴 얼굴이 쑥 올라오며 말했다.

"와우, 성공했어? 못 할 줄 알았는데."

"내가 될 거라고 했지?"

그렇게 말한 사람은 서혜나였다. 나는 그 목소리를 듣는 순간 긴장이 풀려서 그대로 바닥에 주저앉고 말았다. 걸어 다닌 시간만 두 시간이 넘었다.

"뭐야? 왜 딸기송이만 빈 상자야? 유수현! 너 이거 일부러 이런 거야?"

봉지를 뒤져 보던 백소희가 발을 동동 구르며 나를 째려봤다. 대답할 힘도 없었다. 서혜나가 고민중을 바라보며 물었다.

"이거, 소켓 부작용은 아니지? 멤브레인 C407 말야."

"그냥 긴장해서 그럴 거야. 여기를 다시 찾으려고 말 그대로 뇌에 힘을 꽉 주었을 테니까."

"왜 딸기송이만 빈 상자냐고!"

빈 상자를 내 눈앞에 대고 휘휘 휘두르는 백소희에게 겨우 대답했다.

"미안, 소희 널 잊지 않으려고."

"뭐?"

생각지 못한 대답이었는지 백소희의 입이 딱 벌어졌다. 잠시 흐르던 정적을 깬 건 서혜나의 웃음소리였다. 서혜나가 저렇게 웃을 수 있는 줄은 몰랐다.

"푸하핫. 유수현, 재밌는 애네. 뭔지 알겠어. 진짜 애썼구나. 그래, 역시 내가 사람 보는 눈은 있거든."

서혜나가 다가와 내게 손을 내밀었다. 일으켜 주려는 줄 알고 붙잡고 힘을 주는데 손이 탁 풀렸다. 그냥 악수였던 모양이다. 엉덩방아를 찧은 나는 결국 바닥을 짚고 혼자 일어나야 했다.

"소희야, 얘 의자 좀."

"아? 의자? 아, 의자. 잠시만."

아직까지 멍하게 있던 백소희가 얼른 달려가 구석에 있던 접이식 의자 하나를 들고 왔다. 의자에 앉아 마른세수를 했더니 정신이 조금 맑아졌다. 그러고 보니 소켓을 시술하고 나서 이렇게 오래 빈 소켓으로 돌아다닌 건 처음이었다. 항상 무언가 꽂혀 있었으니까. 그래서 머리가 멍하게 울리는 건지도 모르겠다.

"기분이 어때?"

팔짱을 낀 채로 나를 내려다보며 서혜나가 물었다. 옆에서는 백소희가 의심스러운 눈초리로 나를 노려보고 있었다. 기분은 뭐라 설명할 수 없이 이상했다. 하지만 그보다는 물어보고 싶은 게 더 많았다.

"이거 대체 뭐야? 나한테 무슨 짓을 한 거야?"

"무슨 짓을 한 건 우리가 아냐. 우린 그걸 바로잡으려는 거고."

"어떻게 뻔히 눈앞에 있는 길이 안 보일 수 있어?"

"초등학교 내내 연습한 게 그거잖아. 뇌를 믿지 않고 소켓을 믿는 거. 뇌 대신 소켓으로 생각하는 거."

"말도 안 돼."

"말도 안 되지. 소켓을 처음 만든 사람도 이렇게까지 될 줄은 몰랐으니까."

세상의 모든 지식을 따로 공부할 필요 없이 마치 원래부터 알고 있었던 것처럼 떠올릴 수 있는 것. 학교에서 배운 소켓의 기능이다. 인류의 역사는 소켓이 있기 전과 후로 나뉜다, 소켓을 시술한 인간에 비하면 시술하지 않은 인간은 유인원이나 다름없다, 진정한 문명인이 되려면 소켓 쓰는 법을 배워야 한다, 그게 여러분이 학교를 다녀야 하는 이유다. 초등학교 내내 그렇게 배웠다.

"그러니까, 누군가가 우리 뇌를 조종하고 있다는 거야? 기억을 막 삭제하고 그러면서? 소켓에 해킹 툴 같은 걸 깔아 놓은 거야?"

"잠깐, 해킹의 정의부터 다시 설명해야 할 것 같은데."

벌떡 일어나는 고민중을 서혜나가 손짓으로 다시 앉혔다.

"그렇게 생각해도 대충 맞아. 수현이 너, 건망증과 인지 장애의 차이점을 알아?"

"인지 장애? 알츠하이머 말야?"

"그래, 그거."

"그게, 어…….."

알츠하이머까지는 떠올렸는데 그 정의나 사례, 예방하는 방법 같은 정보가 하나도 생각나지 않는다. 학교에서 배웠으니까 아마 교육과정 칩에 정보가 들어 있을 거다. 지금은 칩을 꽂지 않고 있으니 떠오를 리가 없다.

"그래, 지금 네 상태가 건망증이야. 뭔가를 떠올리려고 하는데 기억나지 않는 거. 하지만 인지 장애는 달라. 아예 떠올리려는 시도 자체를 하지 않아. 자신이 무언가를 잊고 있다는 사실 자체를 잊는 거지. 그게 우리가 말하는 '기억 삭제'야. 지금 세상은 거대한 인지 장애를 겪고 있는 거야."

"세상이, 뭘 잊고 있는데?"

"몰라. 나도 대부분 잊었으니까. 하지만 몇 가지는 알아."

"어떤 거?"

"음…….."

서혜나가 잠시 말을 멈췄다. 가만히 보니 백소희와 고민중도 숨을 죽인 채 서혜나의 대답을 기다리고 있었다. 마침내 서혜나가 말했다.

"너희가 지금 알아봐야 도움이 안 돼. 그냥 좀 더 괴로워질 뿐이야. 매일매일 그걸 기억해 내려고 애쓰지만 결국 기억해 내지 못할 테니까. 때가 되면 알려 줄게. 진실에 가까이 갔을 때, 진실을 손에 쥘 수 있을 때. 그때까지는 그냥 나를 믿어 줘."

백소희가 실망한 듯 고개를 돌렸다. 모니터 쪽에서는 다시 키보드를 두드리는 소리가 들렸다. 두 사람은 이미 그러기로 동의한 모양이었다. 어쩔 수 없었다. 대신 딱 하나만 더 물어봤다.

"내가 정말 필요한 거야?"

"지금 생각으론 그래. 유수현, 널 만난 건 행운이야."

분리된 사람들과 기억 삭제

1

그 이후로 나를 둘러싼 세상이 완전히 달라질 줄 알았다. 하지만 그렇지 않았다. 세상은 여전히 평화로웠고 대부분의 사람들은 불만 없이 평온했다. 주어지는 미션을 수행하고 착실히 학교에 다니면 먹고살 수 있는 지급품이 나온다. 그리고 나는 여전히 싸구려 소켓을 단 열등생이었다.

"야, 유수현, 너 혹시 서혜나랑 친하냐?"

그날 이후로 장근형은 부쩍 나를 신경 쓰는 눈치다. 장근형은 제멋대로 서혜나를 자신의 경쟁 상대라고 여기고 있는 듯했다. 물론 서혜나에게 장근형의 존재감은 없었다. 그러니 내가 가끔 서혜나와 이야기를 나누는 것에 질투를 느끼는 것도 무리는 아니다.

"아니, 그냥 조금 알아."

"어떻게? 무슨 관계인데?"

"관계없어. 그냥 오다가다 알게 됐어."

"그러니까 네가 서혜나를 어떻게 오다가다 아냐고."

"왜? 내가 서혜나를 알면 안 돼?"

"이 자식이! 그냥 묻는 말에 대답이나 해."

툭 튀어나온 건 양민준이었다. 궂은일은 항상 양민준과 구한서의 몫이다. 물론 양민준과 구한서가 알아서 나서면 장근형이 말리는 식이다. 아니나 다를까, 장근형은 양민준의 어깨를 툭툭 두드리고는 물러나라고 눈짓했다. 그러고는 어색한 미소를 지으며 내게 말했다.

"걱정이 되니까 그러지. 솔직히 너하고 서혜나가 썩 어울리는 급은 아니잖아. 그러니까 내 말은, 서혜나 소문도 있고. 들어 봤지?"

'소문'이라는 단어를 말할 때 장근형은 주위를 둘러보고는 내게 몸을 숙이며 속삭였다. 무슨 말을 하는지는 알 것 같다. 나도 비슷한 걱정을 했으니까. 솔직히 지금도 완전히 의심을 지운 건 아니다. 하지만 아무리 그래도 장근형에게 이런 말을 듣고 싶지는 않다. 내가 인상을 찌푸리며 몸을 뒤로 빼자 장근형의 표정이 살짝 굳었다. 하지만 이내 헛기침을 하고는 괜히 내 어깨를 두드리며 말했다.

"하여튼, 친구는 서로 동등해야 하잖아. 그렇지? 혹시라도 서혜나가 무리한 요구를 하거나, 널 괴롭히려는 낌새가 보이면 언제든지 말해. 도와줄 테니까. 알았지?"

친구는 동등해야 한다고? 글쎄, 그건 내가 하고 싶은 말인데. 장근형의 뒤를 졸졸 따라가는 양민준과 구한서를 보며 저절로 그런 생각이 들었다.

서혜나에 관해 떠도는 말들은 분명 헛소문이다. 일단 서혜나는 엄마, 그러니까 디바인의 대표인 서주미를 미워한다. 백소희가 슬쩍 해 준 말이다. 그러니 엄마를 위해 디바인의 소켓 테스트를 할 사람을 구하러 다닐 이유가 없다. 서혜나가 하려는 건 비밀 조직, 게릴라, 혁명? 그런 거 비슷하다. 이것도 백소희가 해 준 말이라 조금 걸러 들어야 할 것 같긴 하지만. 서주미 대표는 그렇다 쳐도 장인철 이사장까지 적이라는 말은 솔직히 믿기 힘들다. 내 생각과는 상관없이 백소희는 학교에서는 아지트에 대한 이야기를 절대 비밀로 해야 한다고 윽박질렀다.

아지트. 그래, 그 아지트는 지금 생각해도 신기하다. 내가 서혜나의 말을 좀 더 들어 보기로 결정한 이유이기도 하다. 몇 번 드나들다 보니 이제는 들어가는 입구가 그럭저럭 눈에 잘 띈다. 그래도 잠시만 딴생각을 하면 못 보고 지나치기 일쑤다. 백소희는 골목으로 들어가는 모습을 다른 사람에게 들키면 안 된다고 신신당부했다. 내가 볼 때는 백소희만 조심하면 된다.

고민중의 설명에 따르면 아지트의 입구는 다른 사람에게는 보이지 않는다. 눈이 아니라 뇌에 보이지 않는다. 길을 잃고 헤매는 사람이 아니라면 그 지점에 다른 길이 있을 거라고는 전혀 생각할 수 없고, 그러니 열린 공간을 봐도 길이라고 인식하지 못한다. 게다가 요즘 세상에는 길을 헤매는 사람이 없다. 모르는 곳을 찾아갈 때는 소켓의 임시 저장 공간에 지도와 경로를 내려받은 뒤 그대로 따라간다. 심지어 아지트로 들어가는 골목길은 출발지와 목적지를 어떻게 설정하더라도 최단 경로에 포함되지 않는다. 그렇게 만들기 위해 서혜나는 길 몇 군데를 새로 뚫었다고 한다. 물론 설계는 자신이 한 거라며 고민중이 자랑했다.

"공사도 끝났으니까 당분간 그 골목길을 지나는 사람은 아예 없을 거야. 그래도 조심은 하는 편이 좋지."

"이런 게 또 있어? 아지트 같은 거, 그러니까 내가 모르던 세상 말야."

"흠, 학교에서 학생과 선생님 이외의 사람을 본 적 있어?"

그 말을 듣는 순간 입학식 날 본 경호원들이 생각났다. 이 얘기는 아직 다른 사람에게 한 적이 없다. 내가 보는 망상들이 전부 소켓의 오류 때문이라고 생각하기 때문에 그와 관련된 얘기는 될 수 있으면 하고 싶지 않았다. 고민중에게도 아직 꺼려지기는 마찬가지다. 나는 아무 말 없이 고개를 저었다. 고민중은 그럴 줄 알았다는 듯이 헛기침을 한 번 하고는 설명을 시작했다.

"한 번도 본 적이 없단 말이지? 좋아."

고민중은 마침 잘됐다는 듯이 손가락을 탁 튕기며 쓰고 있던 헤드 마운트 디스플레이를 벗었다. 그러고는 눈을 반짝 빛내며 말했다.

"자, 그럼 학교 청소는 누가 할까? 또 급식실에서 요리는 누가 하지?"

한 번도 생각해 본 적 없다. 학교가 깨끗한 상태로 유지되고 매일 급식이 나오니 분명 누군가가 그 일을 하고 있긴 할 거다. 그런데 그걸 하는 사람을 본 적은 없다.

"로봇 같은 게 하나? 아니면 자동화된 시스템이 있는 거 아냐?"

"어쨌든 그걸 하는 사람은 본 적이 없다는 거지?"

"기억이 안 나는데."

"C407의 블록 기능 때문에 가끔은 눈에 띄었을 텐데. 너 정말 주변 신경 안 쓰고 살았구나?"

가끔은 눈에 띄었을 수도 있다니. 내가 본 경호원들도 망상이 아니라 진짜일지도 모르겠다. 그렇다면 가차 없이 경호원 뺨을 때리던 서주미 대표의 모습도 진짜인 건가. 그래 놓고 넘어진 할머니는 얼굴 싹 바꿔서 일으켜 주고? 그 모습을 바라보던 서혜나의 표정도 떠올랐다. 그런 모습을 계속 보고 다녀야 한다면 엄마를 미워할 수밖에 없겠다는 생각이 들었다.

그런데 학교에서 청소나 요리를 하는 사람은 정말 본 적이 없다. 보긴 했는데 기억을 못 하는 걸까. 고민중이 항상 말하듯 눈으로는 봤는데 뇌로는 보지 못한 걸까. 그럴지도 모르겠다. 신경을 안 쓴 정도가 아니라 단 한 번도 생각해 본 적이 없으니까. 누군가 가 청소를 하거나 요리를 한다는 생각 자체를 안 했다. 교육과정 칩에도 그런 내용은 없었던 것 같다. 따지고 보면 누군가는 그런 일을 해야 하는 게 분명한데, 어떻게 그런 일을 하는 사람들에 대해서 전혀 생각하지 않았는지 나 자신을 이해하기 힘들었다.

"한번 신경 써서 봐 봐. 그냥 보려고 하면 분명 까먹을 테니까 어디 적어 두거나 해서."

"메모리에 적어 둬도 사라지는 거 아냐?"

"메모리 말고, 손으로 종이 같은 데에. 글씨 못 써?"

손으로 글씨를 쓴다고? 물론 쓸 줄은 안다. 하지만 써 본 기억 이 가물가물하다. 메모리 외의 어딘가에 글자로 정보를 남길 이유 가 없으니까.

소켓의 임시 저장 공간에는 간단한 메모를 할 수 있다. 생각으 로 메모를 남기는 연습도 초등학교에서 한다. 익숙해지다 보면 필 요한 정보는 아예 신경 쓰지 않아도 자동으로 메보가 된다. 친구 들과의 약속 시간 같은 거 말이다. 그 외에는 수업 내용이든 뭐든 전부 이미 칩 속에 들어 있으니 필기를 할 일이 없다.

서랍을 뒤져 겨우 종이와 펜을 찾아낸 뒤 '청소와 요리는 누가 하지?'라고 적었다. 며칠 동안은 종이를 주머니에 넣어 놓은 걸 잊고 살았다. 그런데 희한하게도 장근형의 얼굴을 보고 종이가 기억났다. 아마 내 머릿속에는 장근형과 서혜나 그리고 아지트에서 있었던 일이 서로 묶여 있는 모양이다. 종이에 적힌 글을 읽고 주변을 둘러보았다. 여전히 학생들과 선생님들뿐이었다.

배식을 기계가 한다는 건 알고 있었다. 그건 기본 칩의 학교생활 안내 정보에도 나와 있다. 키오스크에서 메뉴를 선택하면 커다란 위생 용기에 담긴 음식이 자동으로 식판에 담긴다. 메뉴를 미리 등록해 놓고 지문만 인식시켜도 된다. 저 음식도 다 기계가 만드는 거 아닌가? 고민중이 뭔가를 착각한 거 아닐까?

급식실에서는 조리실 안쪽이 보이지 않는다. 또 까먹을까 봐 아예 종이를 손에 쥐고 밥을 먹었다. 덕분에 퇴식구에 식판을 밀어 넣을 때 느껴진 까끌한 감촉으로 조리실 안쪽을 봐야겠다는 생각을 할 수 있었다.

조리실 문은 닫혀 있었다. 작은 투명창으로 겨우 안이 들여다보였다. 무언가 움직이고 있었다. 처음에는 형체가 잘 인식되지 않았다. 기계인지 사람인지 구분조차 힘들었다. 그래서 사람이라고 생각하며 유심히 지켜봤다. 말 그대로 뇌에 힘을 주고 바라보니 그 형체가 겨우 사람으로 보였다.

한 번 보고 나니 의심할 여지없이 명확했다. 조리실 안에서는 정말로 사람이 요리를 하고 있었다. 나는 같은 방법으로 청소를 하는 사람을 상상했다. 학교가 깨끗해지고 있다면 누군가는 휴지통을 비우고 바닥을 쓸고 변기를 닦고 있는 거다. 그랬더니 진짜로 사람이 보였다. 규격화된 유니폼을 입은 사람들이 무표정한 얼굴로 청소를 하고 있었다.

학생과 선생님 들은 그 사람들이 전혀 보이지 않는 투명인간인 것처럼 눈길조차 주지 않고 지나다녔다. 그러면서도 부딪히지 않게 피하는 건 잘했다. 몸을 틀어 피하면서도 자기가 왜 몸을 트는지 모르는 표정이었다.

눈에 보이니 오히려 어색하게 그 옆을 지나가게 되었다. 청소를 하던 분도 학생들이 자신을 보지 못할 거라고 생각하는 모양이었다. 내가 빤히 쳐다보자 그분은 깜짝 놀란 표정으로 자리를 피했다. 그 뒤로는 미안해서 내가 먼저 시선을 피했다.

"대체 어떻게 된 거야? 그분들은 누구야?"

내가 묻자 서혜나는 작게 한숨을 내쉬며 대답했다.

"누구냐니. 우리하고 똑같은 사람이지."

"그런데 왜 안 보였던 거야?"

"그야 우리가 접하는 어떤 정보에도 그 사람들이 기록되어 있지 않으니까."

"아무리 그렇다고 해도 사람이 안 보여?"

"그냥 그렇게 되는 건 아니지."

전문 용어를 잔뜩 섞어 가며 구구절절 설명을 늘어놓은 건 고민 중이었다. 어려운 말을 빼고 핵심만 요약하면 이렇다. 우리는 칩에 든 정보를 바탕으로 세상을 본다. 칩을 이용하는 연습을 오래

하면 할수록 칩과 연관된 것들은 잘 보이고, 연관이 없는 것들은 보이지 않는다.

"원래 우리 뇌가 그렇게 동작하기는 해. 중요한 부분을 더 자세하게 보는 데 도움이 되니까. 뉴럴 소켓은 그 기능을 극단적으로 발전시킨 거지."

그런데 학교의 조리사나 미화원 들은 그냥 덜 중요해서 정보가 기록되지 않은 게 아니다. 누군가가 일부러, 적극적으로 정보를 지웠다는 거다. 소켓을 달고 다니는 모든 사람이 보지 못하도록. 그래야만 지금처럼 학생들이 아예 존재 자체를 느낄 수 없게 된다고 했다.

"그러니까 왜 그런 짓을 하는 건데? 그것도 일부러."

"네가 직접 보니까 어땠어?"

서혜나가 물었다. 청소하시던 분과 내가 서로 눈을 피하던 때가 떠올랐다.

"좀 어색하긴 했는데, 그건 안 보이다 보여서 그랬던 거고. 계속 보다 보면 이상할 것도 없겠지. 굳이 숨기는 이유를 모르겠는데?"

"그럼 좀 더 봐 봐."

서혜나는 그렇게만 말했다. 그리고 서혜나가 그렇게 말한 이유를 깨닫는 데는 며칠도 걸리지 않았다.

일하시는 분들이 신경 쓰시지 않도록 지나가며 슬쩍슬쩍 본 것뿐인데도 끔찍한 장면이 계속 눈에 들어왔다. 그분들에게는 쉴 곳이 없었다. 그래서 대기할 때는 벽과 벽 사이의 좁은 공간에 로봇처럼 서 있어야 했다. 화장실 구석에 청소 도구와 함께 서 있는 분도 있었다. 그렇게 서서 식사까지 하시는 걸 봤을 때는 하마터면 소리를 지를 뻔했다. 보면 볼수록 사람은커녕 로봇만도 못한 취급을 받는다는 느낌이 들었다.

"이렇게까지 할 거면 왜 사람을 쓰는 거야? 그냥 로봇을 쓰는게 낫지 않아?"

"그야, 사람이 더 싸니까."

"사람이 더 싸다고?"

"싸지. 사람이 얼마나 싸고 하찮게 다뤄지는 줄 알면 깜짝 놀랄거야. 이용당하고, 무시당하고, 지워지고."

"사람이 사람을 왜 그렇게 대해? 같은 사람이잖아."

"같은 사람, 이라고 학교에서 배우지. 바로 그래서야. 저 사람들을 우리 눈에 안 보이게 하는 이유. 같은 사람이 그런 취급을 받는걸 보면 아무래도 마음이 불편하지 않겠어?"

말도 안 된다고 생각했다. 하지만 눈으로 그리고 뇌로 똑똑히 본 걸 부정할 수는 없었다. 앞으로 다시는 편안한 마음으로 학교에 다닐 수 없을 것 같았다. 반짝반짝하게 닦인 바닥과 따뜻한 김이 몽글 솟아오르는 음식을 볼 때마다 그분들 생각이 날 테니까. 내 눈빛을 본 서혜나의 입가에 옅은 미소가 떠올랐다.

"이제야 우리 일에 제대로 합류할 준비가 된 것 같네. 토끼 굴에

온 걸 환영해, 유수현."

"토끼 굴?"

"토끼 굴. 고민중이 말 안 해 줬어?"

"어? 내가 말해 주지 않았나? 중요한 걸 까먹었네. 요즘에 좀 정신이 없어서. 이 아지트의 이름이야, 토끼 굴. 기가 막히지? 『이상한 나라의 앨리스』는 읽어 봤지? 처음에 앨리스가 시계를 든 토끼를 따라 토끼 굴에 들어갔다가 이상한 나라를 발견하잖아. 정말이곳에 딱 어울리는 이름이야."

유난히 호들갑을 떠는 고민중을 서혜나가 가느다란 눈으로 째려봤다. 고민중은 어색하게 헤헤거리더니 내 쪽으로 몸을 기울이며 작게 속삭였다.

"혜나가 지은 이름이야. 무조건 좋다고 해. 혜나의 유일한 취미가 이름 짓기거든. 혹시라도 코드네임이 필요하냐고 물어보면 무조건 싫다고 해야 해. 나한테도 옥토퍼스였나, 뭐 그런 이름을 지어 주려고 해서 기겁했었거든."

"속삭여도 다 들려, 고민중. 보안을 위해서라고 분명히 얘기했을 텐데."

"네네. 계속해. 방해 안 할게."

고민중이 헤드 마운트를 덮어쓰고는 의자를 탁 밀어 다시 모니터 뒤로 들어갔다. 서혜나가 진지한 표정으로 나를 돌아보며 말했다.

"먼저 이 일이 얼마나 위험한 일인지 확실히 해 둘게. 들키면 삭제야."

2

"삭제라니? 기억이 삭제된다는 뜻이야?"

"기억이면 다행이지. 네 존재 자체가 세상에서 지워질 수도 있어. 다른 사람들 입장에서는 너에 대한 기억이 사라지는 거고. 네 입장에서는 인간에게 보장되는 모든 권리를 잃어버리는 거고. 당장 누가 널 죽여도 아무런 처벌도 받지 않아. 그래서 우리는 삭제된 사람을 '유령'이라고 불러."

"유령? 그건 좀……."

갑자기 고민중이 모니터 위로 툭 튀어나와서 안 된다는 듯이 고개를 흔들었다. 이것도 서혜나가 지은 이름인가 보다. 나는 나오던 말을 겨우 거둬들이고는 대충 얼버무렸다.

"어, 그러니까, 너무 딱 맞는 표현 같은데. 유령이란 말이지? 그럼 학교에서 일하는 분들도 유령이 된 거야? 그래서 그런 취급을 받는 거고?"

"그건 삭제가 아니고 분리야. 아무래도 유령이라는 말에 조금 오해의 여지가 있는 것 같은데. 분리된 상태의 사람에게 이름을 따로 지어 줘야겠어. 흠, 뭐가 좋을까?"

"저기, 일단 그 분리라는 게 뭔지 먼저 설명을 해 주면 안 될까?"

설명을 해 준 건 고민중이었다. 삭제된 사람은 세상에서 아예 사라지지만 분리된 사람들은 우리와 함께 살아간다. 다만 보이지 않을 뿐이다. 신상 정보도 네트워크에 정상적으로 등록되어 있다. 학교에서 일할 때는 다른 사람 눈에 띄지 않지만 퇴근한 후에는 보통 사람들과 똑같이 살아간다. 분리된 사람들이 모여서 사는 구역도 따로 있다.

도시에는 총 27개의 구역이 있다. 그렇다고 배운다. 구역의 이름은 숫자로 되어 있지만 순서는 뒤죽박죽이다. 중간에 빠진 숫자도 많다. 인접한 숫자라고 해서 그 구역이 근처에 있는 것도 아니다. 또 도시에는 몇 개의 특수 구역이 있다. '시내'라고 불리는 번화가 구역도 그중 하나다. 도시의 구역을 27개라고 할 때, 이런 특수 구역 중 어떤 것이 거기에 포함되는지에 대해서는 통일된 기준이 없다. 그래서 어떤 사람들은 도시를 26개 혹은 28개 구역으로 나누기도 한다.

"뭐가 그렇게 복잡해?"

"그래야 정보를 조작하기 쉬우니까. 전체 리스트는 보여 주지 않고 알고리즘에 따라 선택적으로 출력된 결과만 보여 주는 것하고 비슷해. 아무 생각 없이 보고 있다 보면 자기도 모르게 그게 세상의 전부라고 믿게 되는 거지."

"잠깐만, 지금 도시 전체가 정보를 조작하기 위해 만들어졌다는 거야?"

"도시뿐만이 아니야. 유수현 네가 알고 있는 세상 전체가 가짜라고. 그걸 바로잡을 수 있는 방법은 혁명밖에 없어! 난 혁명을 위해 이 한목숨 바치기로 맹세했다고! 핫하."

백소희가 끼어들어서는 주먹을 불끈 쥐며 외쳤다. 저 애가 툭하면 내뱉는 혁명이라는 단어는 아무리 들어도 와닿지 않는다. 내 주변에서 일어날 수 있는 일 같지가 않다. 목숨까지 바친다니 더더욱 그랬다. 나는 인상을 찌푸리며 백소희에게 툴툴댔다.

"목숨은 좀 너무 나간 거 아냐? 너 혁명이 뭔지나 알고 자꾸 혁명, 혁명 그러는 거야?"

"뭐? 당연히 알지!"

자신 있는 목소리와 달리 백소희는 말을 덧붙이지 못했다. 정말 모를 거라고 생각해서 물어본 건 아니었다. 혁명에 대해 생각하자마자 내 머릿속에서는 혁명의 정의, 역사, 논쟁, 혁명가들의 생애 등등 혁명과 관련된 온갖 정보가 퐁퐁 솟아올랐다. 지금 꽂고 있는 기본 교육과정 칩에 다 들어 있는 정보다. 백소희의 칩에는 이런 정보가 없나? 쟤는 대체 뭘 꽂고 다니는 거야.

머뭇거리는 백소희 대신 서혜나가 말했다.

"너무 나간 건 아냐. 이 일은 정말로 위험해. 물론 사람을 죽이는 일은 많지 않아. 정보를 삭제하고 유령으로 만들면 훨씬 쓸모가 많으니까. 그러니 무슨 일이 있어도 비밀을 지켜야 해. 들키지도 말아야 하고."

"혜나 너까지 왜 그래? 무섭게."

"무서우면 그만둬. 대신 그만두려면 지금 그만둬야 해. 더 많은 걸 알게 되면 우리도 널 그냥 보내 줄 수는 없으니까."

"다른 애들도 다 이런 위험한 일에 동의한 거야? 백소희, 고민중, 둘 다? 혹시 두 명 말고 더 있어?"

"지난번에도 말했지만, 나는 모든 정보를 주진 않을 거야. 그편이 안전하니까. 아, 저 둘은 동의했어, 당연히."

서혜나는 이번에도 내게 선택권을 주는 것처럼 말했지만 사실은 그렇지 않았다. 내가 그만두게 만들고 싶었으면 처음부터 죽을 수도 있다고 말했을 거다. 서혜나는 내가 그냥 물러서지는 않을 시점에 이 얘기를 꺼냈다. 이건 다시 말하면 내가 그만두지 않기를 원한다는 뜻이다. 그래도 괜찮았다. 나는 그만두고 싶지 않았으니까. 당연히 죽고 싶지는 않지만, 그만두지 않는다고 당장 죽는 것도 아니다.

"동의해."

"좋아. 상황이 불리하지만은 않아. 정보 조작이 너무 완벽하게 되고 있어서 누군가가 그걸 의심한다는 생각도 잘 안 하거든. 그러니 대놓고 수상한 행동을 하지만 않으면 우리가 의심받는 일은 없을 거야. 그래도 안 보여야 할 게 보인다는 티는 될 수 있으면 내지 마. 평소처럼, 아무것도 안 보이는 것처럼 행동해."

"그럼 아무것도 달라지지 않는 거잖아."

"일단은 정보를 모을 거야. 때가 될 때까지."

"그리고 한 방에 뒤집는 거지! 쾅, 하고! 그게 혁명이야. 알아?"

그렇게 말하며 백소희는 책상을 쾅 쳤다. 어차피 서혜나가 당장 더 많은 말을 해 줄 것 같지는 않았다. 나는 딱 하나만 더 물어보기로 했다.

"그런데 혜나 너는 왜 뛰어든 거야? 이렇게 위험한 일에."

"나? 난 위험하지 않아."

"위험하지 않다고?"

"당연하지. 생각해 봐. 서주미의 딸 서혜나가 사라지는 게 가능하다고 생각해? 난 너희처럼 혼자 사는 애들과는 달라."

그 순간만큼은 서혜나가 장근형보다 더 얄미워 보였다. 하지만 사실은 사실이다. 괜히 아닌 척하는 것보다 솔직한 편이 차라리 나을지도 모르겠다.

"그러니 혹시라도 날 위해서 뭘 하려고 하지 마. 너희 스스로의 목적으로 움직여. 필요하면 날 배신해도 상관없으니까."

그 말은 필요하면 서혜나도 우리를 버리겠다는 말로 들렸다. 저 애는 좋은 사람일까, 나쁜 사람일까. 어쩌면 서혜나의 말대로 그건 중요하지 않다. 중요한 건 내가 하는 일이 좋은 일인지, 나쁜 일인지이다. 아직까지 서혜나는 첫 번째 테스트 이후로 내게 다른 미션을 주지 않았다. 학교도 여전히 평화로웠다. 학생과 선생님 그리고 일하는 사람 들은 같은 공간에 있으면서도 평행우주에 사는 것처럼 서로를 스쳐 지나갔다.

그러던 어느 날, 급식실에서 사건이 벌어졌다.

"왜 그래? 무슨 일이야?"

이렇게 많은 애들이 모여 웅성대는 일은 드물다. 가까이 가기도 힘들어서 선생님이 달려와 애들을 흩어 버린 후에야 겨우 바닥에 쓰러져 있는 학생 한 명을 볼 수 있었다. 양민준이었다. 바로 옆에 있는 온수 밸브에서는 뜨거운 물이 새어 나오고 있었다.

다행히 양민준은 사고를 피한 듯했다. 밸브가 터지면서 뿜어져 나온 물은 용케도 양민준이 쓰러져 있는 곳만 피해 바닥에 고여 있었다. 뜨거운 김이 아직까지 피어오르는 걸 보니 잘못 맞았으면 큰 화상을 입을 뻔했다. 너무 놀랐는지 양민준은 일어나지도 못하고 쓰러진 채로 혼잣말을 중얼거렸다.

"엄마, 엄마, 엄마!"

그러다 갑자기 일어나 어딘가로 뛰어가려는 걸 선생님이 겨우 붙잡았다. 얼떨떨한 표정으로 조금 떨어진 곳에 서 있던 장근형과 구한서는 그제야 달려들어 선생님을 도왔다. 한참을 버둥거리던 양민준은 결국 잠시 후 도착한 양호 선생님이 진정제를 주사한 후에야 몸을 축 늘어뜨렸다.

그게 끝이었다. 양민준은 다음 날 멀쩡한 모습으로 등교했고

학교는 다시 평화로워졌다. 급식실은 말끔하게 치워지고 밸브도 교체됐다. 양민준이 조금 이상해졌다는 소문이 돌았지만, 이내 잠잠해졌다. 얼마 지나지 않아 아이들은 사고가 났었다는 사실조차 잊었다. 나도 마찬가지였다. 그래서 몇 주 후, 서혜나가 준 미션이 그 사고와 관련이 있으리라고는 꿈에도 생각하지 못했다.

3

미션은 나에게만 주어진 게 아니었다. 백소희와 함께였다. 그때까지 나는 백소희에게 어떤 능력이 있는지 제대로 몰랐다. 소켓과 칩에 관한 거라면 뭐든 알고 있는 고민중과는 달리 백소희는 그냥 과자를 좋아하고 혁명을 외치는 호들갑쟁이일 뿐이었다. 그런데 토끼 굴에서만 그런 게 아니었다. 백소희는 학교에서도 나보다 더 심각한 골칫덩이였다.

백소희의 소켓에는 기본 교육과정 칩이 꽂혀 있지 않다. 학교에 갈 때도 안 꽂고 간다. 놀랍겠지만 그래도 된다. 소켓을 시술하는 건 의무인데 칩은 안 꽂아도 된다니 뭔가 앞뒤가 안 맞는 것 같지만, 법이 그렇다. 학교라고 해서 학생에게 시냅스 칩을 쓰라고 강요할 수는 없다.

칩을 통해 정보를 얻는 게 싫으면 옛날 방식대로 직접 뇌에 정보를 넣으면 된다. 그렇게 해서 시험을 봐도 아무런 문제가 없다. 당연히 좋은 성적은 받을 수 없다. 지풍덕군사 박추가 하직한 게 언제인지를 조선왕조실록을 달달 외워서 풀 수는 없는 일이니까. 초등학교에서 정상적으로 훈련을 받았다면 교육과정 칩에서 1450년 8월, 문종 때의 일이라는 정보를 몇 초 안에 꺼낼 수 있다. 원주율을 소수점 아래 수백 자리까지 외운다거나 복잡한 적분 문제를 푸는 것도 마찬가지다. 백소희는 이 모든 과정을 시원스레 패스하고 빵점을 받는다.

그 이유가 특별한 칩을 꽂고 다니기 위해서라는 사실을 서혜나의 미션을 함께하며 알았다.

"0756마8973 김동석, 8237루8238 나문영, 2378고4374 박영선."

백소희가 꽂고 있는 시냅스 칩 안에는 우리나라 사람 전체의 얼굴 정보가 들어 있다. 그 정보는 최근에 고민중이 빼내서 업데이트해 준 거지만, 백소희가 칩에 저장된 사람들의 얼굴을 외우는 연습을 한 건 아주 오래전부터다. 정확히 언제부터였는지는 잊었다고 한다. 기억하는 바로는, 자신의 소켓에 꽂힌 시냅스 칩에는 항상 다른 사람의 얼굴 정보가 가득 들어 있었다고 한다.

"학교에서 나눠 주는 칩 따위는 단 한 번도 꽂은 적이 없다고."

백소희는 자랑스레 말했다. 솔직히 자랑할 만했다. 백소희는 한 번 본 얼굴은 잊지 않았다. 칩에 저장된 얼굴들도 잊지 않았다. 그러니 우리나라 사람들의 얼굴을 모두 기억하고 있는 셈이다. 이건 뉴럴 소켓에 내장된 능력이 아니다. 백소희의 뉴럴 소켓도 최신형과는 거리가 멀다. 고민중이 백소희의 시냅스 칩에 전 국민의 얼굴 정보를 넣어 주고 나서 몇 달 되지 않아, 백소희는 그 모든 얼굴을 다 구별하고 알아볼 수 있게 되었다고 했다. 그러니 시냅스 칩에 들어 있는 정보로 누군지를 알아보는 건 순전히 백소희 뇌의 능력이다.

학교에서 일하는 분리된 사람들, 그러니까 청소하고 요리하는 분들의 신상 정보를 모두 알아 오라는 게 서혜나가 준 미션이었다. 내가 그 사람들을 알아보고 위치를 알려 주면, 백소희가 그 위치를 바라보며 정신을 집중한다. 그러면 백소희의 눈에도 일하는 분들의 얼굴이 보이기 시작한다. 백소희가 신상 정보를 불러 주면, 내가 기록한다.

모든 건 내가 보이지 않는 사람들을 알아보는 데서 시작한다. 내가 어디에 있다고 알려 주지 않으면 백소희의 눈에는 분리된 사람들이 보이지 않는다. 누군가가 일하고 있다는 걸 알아도 그냥 마구잡이로 아무 데나 바라보며 찾아내려면 하루 종일 걸려도 한두 명 찾을까 말까일 것이다. 그게 내가 필요한 이유다.

"1204너3853 양미숙."

그렇게 말하며 백소희는 과자 상자에서 딸기송이 하나를 꺼내 입에 넣고는 아작아작 씹었다. 그러고는 다시 손을 상자에 넣어 헤집었지만, 그게 마지막이었다.

"에? 뭐야, 왜 벌써 없어!"

"그야 소희 네가 다 집어 먹었기 때문이겠지?"

"하, 또 기억이 삭제됐구나. 난 분명 두어 개 집어 먹은 기억밖에 없는데."

"저기, 그건 기억 삭제가 아니라 그냥 평범하게 까먹은 거 같은데."

"시끄럿! 가서 과자나 더 사 와. 당 떨어지면 이 일 못 한다니까."

그건 사실일지도 모른다. 뇌에 힘을 꽉 주고 있는 게 눈에도 보일 정도니까. 그게 꼭 딸기송이일 필요는 없겠지만, 쓰러지지 않으려면 뭘 계속 먹어 줘야 할 것 같긴 하다. 아니면 좀 쉬든가.

"오늘은 이 정도로 하고, 차라리 저녁을 먹으러 가자. 너무 오래 이러고 있는 것도 눈치 보이니까."

"오케이! 자, 그럼 근방 15분 거리 안에 있는 최고의 맛집으로 나를 안내해! 내 칩에는 그런 정보 없는 거 알지?"

분리된 사람들의 정보를 알아 오되, 티 나게 행동해서 의심받지는 말 것. 그것도 미션이었다. 그래서 나와 소희는 괜히 학교를 빙빙 돌며 잡담을 하고, 여기저기에 시선을 던지다가 또 다른 곳으로 이동해 잡담하기를 반복했다. 그것도 인적이 뜸한 곳만 골라 다니면서. 모르는 사람에게는 꼭 둘이 사귀는 것처럼 보였을 거다.

"유수현! 백소희! 너네 사이좋아 보인다. 언제 이렇게 친해졌어?"

또 장근형이 내게 관심을 보인다. 그 뒤에는 언제나처럼 구한서가 따라붙어 있다. 내가 퉁명스럽게 대답했다.

"너 나 좋아하냐? 왜 이렇게 나한테 관심이 많아?"

"내가 너 좋아하는 거 몰랐어? 너 되게 도와주고 싶은 타입이야."

"나한테 신경 *끄는* 게 도와주는 거거든?"

"설마 그럴 리가. 내가 도와줄 수 있는 게 왜 그것뿐이겠어. 저녁 시간 다 됐네. 너네 배고프지? 가자. 내가 요 앞 그랑부르에서 풀코스로 쏠게!"

"그랑부르!? 진짜야?"

소희가 눈을 동그랗게 뜨며 말했다. 그랑부르는 우리 학교 학생이라면 칩의 정보를 참고하지 않아도 누구나 알 정도로 유명한 근방 최고의 레스토랑이다. 물론 나나 소희에게는 그런 곳에서 써버릴 정도로 생활비가 넉넉하게 지급되지 않는다. 감히 갈 생각도 못 하기 때문에 평소에는 별로 가고 싶은 마음도 안 든다. 그런데 갈 수 있다고 생각하니 갑자기 배에서는 꼬르륵 소리가 나고 눈앞에는 그랑부르에서 판다는 고급 요리들이 동동 떠다녔다. 소희도 마찬가지인지 침을 꼴깍 삼키는 소리가 들렸다. 하지만 참아야 한다.

"됐어. 필요 없어. 우리 다른 데 가기로 했어."

"뭐? 왜?"

나를 돌아보는 소희의 손을 꼭 잡으며 살짝 뒤로 뺐다. 그랑부르라는 말에 나 역시 흔들리기는 했지만, 장근형과 자꾸 엮이는 건 좀 위험하다. 서혜나가 준 미션을 수행하고 있는 지금은 더더욱 그렇다. 내 눈빛이 너무 단호했는지 소희도 아쉬운 표정을 짓고는 뒤로 물러났다.

"너네 정말 단둘이 있고 싶은가 보구나? 그래, 그 마음 나도 알지. 잘 생각했어. 솔직히 서혜나보다는 백소희가 너랑 훨씬 잘 어울려. 그러니까 내 말은, 예쁜 사랑 해!"

"그런 거 아니거든!"

소희가 발끈했지만 장근형은 들은 척도 않고 손을 휘휘 내저으며 구한서와 함께 어디론가 가 버렸다. 그런데 멀어지는 두 사람의 모습이 어딘가 어색했다.

"뭔가 좀 이상한데."

"나는 네가 더 이상한데? 쟤가 자기 돈으로 사 준다는데 왜 거절해?"

"아니, 그게 아니라 저 두 사람 말야. 분명 뭔가가 빠진 느낌인데……."

"쟤네 맨날 저러고 다니잖아. 빠지긴 뭐가 빠져? 그나저나 빨리 맛집이나 안내해! 그랑부르보다 더 맛있는 집이어야 해!"

평범한 떡볶이 집이었지만 소희는 엄청나게 맛있게 먹었다. 오는 동안 그랑부르의 고급 메뉴는 다 잊은 모양이었다. 어차피 갖지 못할 것은 차라리 원하지 않는 게 편하다. 학교에서 가르치지 않았어도 다들 그렇게 살아간다. 그래서 학교는 평화롭고, 우리는 평온했다.

분리된 사람들의 명단을 빠짐없이 작성하는 데 꼬박 일주일이 걸렸다. 모두 스물세 명이었다. 명단을 죽 읽어 내려가던 서혜나는 양미숙이라는 이름에서 손가락을 멈췄다.

"고민중, 이 사람 정보 좀 검색해 봐."

"어디 봐, 양미숙? 1204녀3853. 오케이."

고민중이 헤드 마운트 디스플레이를 뒤집어쓰더니 허공에서 분주하게 손을 휘저었다. 미안하지만 볼 때마다 메뚜기 같다는 생각을 안 할 수 없다. 잘 봐줘야 사마귀 정도? 그래도 실력은 확실하니까.

"현 직장, 일상고등학교 조리실. 역시 백소희. 정확하네."

"당연하지! 내가 틀리는 거 봤어?"

"다른 정보는? 가족 관계라든가."

서혜나가 물었다. 고민중은 무언가를 손가락으로 톡톡 두드리는 시늉을 하며 대답했다.

"없는데? 혼자 살아. 아, 그런데 이거…… 잠시만, 뭔가 삭제된 흔적이 있는데."

허공을 헤집는 고민중의 손이 더 빨라졌다. 보이지 않는 문서들을 넘기고 던지는 모습이 마치 마술사처럼 보였다. 고민중은 여기저기서 끌어모은 흔적들을 하나로 모아 정리하는 시늉을 하더니 짝, 하고 손뼉을 쳤다.

"역시 기억이 삭제되었어! 일주일도 안 된 거 같은데? 그래서 아직 흔적이 남아 있나 봐. 아쉽지만 더 이상은 추적 불가야. 삭제된 사람의 정보는 네트워크에 남아 있지 않으니까. 그래도 알아낼 방법은 있어. 아직은 삭제된 자리가 비어 있고, 그 비어 있는 모양으로 원래의 모습을 추적할 수 있으니까. 배경과 사물을 반전시키는 거지. 말하자면……."

"결과 나오면 알려 줘."

길어질 조짐이 보이는 고민중의 설명을 단칼에 끊고 서혜나는 창가로 걸어가 몸을 기댔다. 팔짱을 긴 채로 창밖을 바라보는 실루엣에서 눈을 떼기가 힘들었다. 장근형이 한 말은 솔직히 사실이다. 서혜나는 나와는 급이 다른 사람이다. 태어날 때부터 달랐고 지금도 다르다. 태어날 때 다르게 태어나서 지금 다른 걸 수도 있지만, 결과적으로는 그렇다. 서혜나가 내 모습을 보며 눈을 떼지 못하는 일은 절대로 일어나지 않을 테니. 그런 생각에 빠져 있는데 소희가 옆구리를 쿡 찔렀다.

"아! 아파."

"예쁘긴 하다. 그치?"

"뭐? 뭐가."

"너무 티 내지 말라고."

"짜잔! 결과가 나왔습니다!"

고민중이 벌떡 일어나며 소리쳤다. 서혜나는 창가에 기댄 채로 고개만 살짝 돌렸다. 나도 얼른 서혜나의 시선을 피해 고민중 쪽으로 고개를 돌렸다.

"역시 가족이 있었어. 바로 얼마 전까지. 위치 정보를 보면 가장 많이 찍힌 게 우리 학교하고 37구역, 양미숙 씨가 사는 곳이야. 학교에서 같이 일하던 사람인가? 아니면 학생이나 선생님? 전산망에 등록된 사람 중에는 동선이 겹치는 케이스가 없어. 삭제되었다는 증거겠지? 드디어 유령의 흔적을 찾은 거야."

"그 정도면 충분해. 나머지는 본인한테 직접 물어봐야지."

"본인? 양미숙 씨 말야? 이미 기억이 삭제되었을 텐데."

"디바인의 기억 삭제 프로그램이 가장 오류를 많이 일으키는 게 언제인지 알아?"

고민중이 어깨를 으쓱했다. 나와 소희도 모르겠다는 표정을 지었다. 서혜나가 차가운 얼굴로 대답했다.

"자식을 잃은 부모야. 기억을 아무리 깨끗하게 지워도 감정은 남거든."

4

양미숙 씨가 사는 37구역은 학교에서 20킬로미터 정도 떨어진 시 외곽에 있다. 학교에서는 바로 가는 교통편이 없어서 일단 버스로 시내로 나간 뒤에 갈아타야 한다. 37구역으로 가는 버스는 자주 있지도 않거니와 37구역에 별다른 상업 지역이나 공공시설이 있는 것도 아니어서, 지금까지 한 번도 타 본 적이 없다. 아마 그곳에 사는 사람들을 제외하고는 아무도 타지 않을 거다.

나처럼 혼자 사는 애들은 모두 학교에 걸어갈 수 있는 6구역에 집이 있다. 6구역에는 학교를 비롯해서 학생에게 필요한 모든 시설이 골고루 갖추어져 있기 때문에 굳이 구역 밖으로 나가지 않아도 생활하는 데 문제가 없다. 그래도 애들은 뻔질나게 시내에 나다닌다. 그래서 시내로 가는 버스는 하교 시간이면 언제나 학생들로 가득 찬다. 시내는 도시에 사는 사람들이 모두 모이는 유일한 곳이기도 하다.

일하는 분들의 퇴근 시간은 하교 시간보다 한 시간 정도 늦었다. 나와 소희는 일부러 학교에서 시간을 보내다가 그 시간에 맞춰 나왔다. 일을 마친 사람들이 밋밋한 유니폼을 입은 채로 교문을 빠져나갔다. 보호색으로 위장한 듯 도시에 섞여 버린 사람들은 그림자가 되어 시내로 가는 버스로 들어갔다. 양미숙 씨도 마찬가지였다. 조금 거리를 두고 따라가던 나와 소희는 얼른 쫓아가 같은 버스에 올라탔다.

이 시간대에 버스를 타고 시내에 가는 게 처음은 아니다. 사람이 많아 보이지도 않는데 이상하게 자리에 앉기 힘들었던 기억이 난다. 유니폼을 입고 의자 등받이에 피곤한 몸을 기댄 채로 꾸벅꾸벅 조는 사람들이 많아서라는 걸 예전에는 몰랐다. 저 사람들이 왜 저렇게 피곤한지는 더더욱 몰랐다.

시내에 가까워지자 굳이 집중하지 않아도 의자에 앉은 사람들이 하나둘씩 눈에 들어오기 시작했다. 양미숙 씨는 맨 뒷자리에 앉아 있었다. 다른 사람들처럼 졸지도 않고 꼿꼿하게 앉아서는 차창 밖에 둔 시선을 사방으로 돌리며 무언가를 찾았다. 나와도 몇 번 눈이 마주쳐서 어색하게 시선을 피해야 했다.

시내에서도 가장 번화가인 사거리에서 아주머니가 내렸다. 우리는 다른 사람들에 섞여 따라 내렸다.

양미숙 씨는 근처 빌딩 일 층에 있는 화장실로 들어갔다. 그러고는 잠시 후에 옷을 갈아입고 나왔다. 이제야 보통 사람처럼 선명하게 눈에 띄었다. 아니, 너무 눈에 띄었다. 아주머니는 일부러 그런 듯 눈에 확 들어오는 형광색 옷을 입고는 사람들이 가장 많이 오가는 사거리의 십자 횡단보도로 갔다. 그런데 초록불이 들어왔는데도 길을 건너지 않았다. 대신 근처 화단에 걸터앉아 지나가는 사람들을 하염없이 바라보기만 했다.

"뭐 하는 거지? 집으로 가는 게 아니었나?"

내가 중얼거렸다. 소희는 대답하지 않았다. 평소였다면 시키지 않아도 나서서 이상하다며 떠들었을 애다. 돌아보니 소희의 표정이 좀 이상했다. 마치 다른 시간대를 바라보는 사람처럼 눈빛이 멍했다.

"소희 너 왜 그래? 괜찮아?"

"아니."

"안 괜찮아?"

"아니."

"야, 정신 차려. 무슨 일이야?"

"나, 왠지 기분이 좀 이상해."

그렇게 말하는 소희의 눈에 갑자기 그렁그렁하게 눈물이 고였다. 당황한 내가 어찌할 바를 모르고 있는데 소희가 갑자기 화단에 앉아 있는 아주머니 쪽으로 저벅저벅 걸어갔다.

"야, 너 뭐 해?"

양미숙 씨를 만나 사라진 가족에 대해 알아보되, 이것 역시 다른 사람의 눈에 띄지 않도록 하라는 게 서혜나가 준 미션의 일부였다. 얼른 붙잡으려는 내 손을 확 뿌리치고 걸어간 소희는 아주머니 앞에서 멈췄다. 아주머니는 몸을 옆으로 기울여서 앞을 가린 소희를 피해 계속 주변을 살폈다. 그러다가 소희가 계속 비키지 않고 서 있자 그제야 위를 올려다보았다. 아주머니와 눈이 마주친 소희는 갑자기 울음을 터뜨리며 아주머니 품에 안겼다. 그러고는 목 놓아 울었다.

눈에 띄지 않기는커녕 온 도시에 광고를 하는 꼴이 되었으니 미션은 완전히 실패였다. 거리의 모든 사람이 소희와 아주머니를 한 번씩 쳐다보고 지나갔다. 아주머니는 영문도 모른 채 눈물을 쏟아 내는 소희를 안고는 등을 토닥여 주고 머리를 쓸어 주었다. 그러면서도 지나가는 사람과 한 명이라도 더 눈을 마주치려 애쓰고 있었다. 그제야 나도 아주머니가 뭘 하고 있었는지 깨달았다.

"내가 왜 이렇게 사람 얼굴을 잘 기억하는지 이제야 알 것 같아."

보글보글. 탁탁탁. 아주머니가 요리하는 소리를 들으며 소희가 말했다.

양미숙 씨의 집은 아주 오랫동안 혼자 산 사람의 집처럼 꾸며져 있었다. 침구도 하나였고 식탁 의자도 하나에만 등받이가 있었고 욕실에 꽂힌 칫솔도 하나였다. 기억으로만 따지면 벌써 몇 년째 이렇게 산 것 같다고 했다. 하지만 아주머니는 집이 이렇게 바뀐 시점을 정확히 알고 있었다.

일주일 전이었다. 콕 집어 어디가 바뀌었는지는 말할 수 없었지만 일주일 전부터 가슴 한 켠이 텅 빈 느낌이 들었다고 한다. 병원에서는 알아들을 수 없는 말을 하며 약을 한가득 챙겨 주었다. 그 약은 한 알도 먹지 않았다. 아주머니는 밤새 끙끙대다가 겨우 이름 하나를 기억해 냈다. 양민준.

기억나는 건 그게 전부였다. 함께했던 기억도, 나누었던 말도, 심지어 얼굴도 기억나지 않았다. 하지만 아들에 대한 감정은 그대로였다. 뻥 뚫린 마음으로 쏟아져 내리는 감정을 주체할 수 없어서 거리로 나갔다. 그리고 빈 구멍에 꼭 맞아 떨어지는 사람이 나타나기만을 기다리고 또 기다렸다.

"나도 그랬어. 세상 모든 사람을 전부 확인하고 싶었어. 언제부터였는지도 몰라. 지금 생각나는 건 그냥 거리에 앉아 지나가는 사람들을 하염없이 바라봤던 기억뿐이야. 왜 그랬는지 몰랐는데, 이제 알 것 같아. 나도 누군가를 잃어버린 거야."

소희가 말했다. 누군가를 잃어버렸다는 것조차 잊어버렸던 소희가 이제 겨우 누군가를 잃어버렸다는 사실만큼은 기억해 낸 것이다.

"누구인지는 짐작이 가? 부모님?"

"아직 모르겠어. 그래도 감정은 남아 있어. 정말 좋은 사람이 아니었다면 내가 그렇게 애타게 찾지도 않았겠지?"

아주머니가 받침대 위에 찌개가 보글보글 끓는 냄비를 올려놓았다. 밥 두 공기와 계란말이와 밑반찬 몇 개도 놓였다. 한 벌밖에 없는 금속 수저는 소희 앞에 놓였다. 내 수저는 일회용품이었다.

"수저까지 챙겨가다니 정말 지독한 놈들이지? 내 머리가 이상해진 건가 의심했었어. 기억나는 건 이름 세 자뿐이었으니까. 아이고, 세상에. 정말 고맙다. 너희 아니었으면 언젠가는 그 이름도 잊었을 거 아니니.”

양민준. 우리도 잊고 있었다. 학교에서 양민준이 사라진 걸 아무도 몰랐다. 장근형과 구한서 둘이 다니는 게 어딘가 이상하다고 생각하면서도 한 명이 빠졌다는 생각은 전혀 하지 못했다.

수저를 놓아 주는 아주머니의 손에 이제 막 아물어 가는 화상 흉터가 있었다. 그걸 보고 기억 하나가 더 떠올랐다.

“혹시 그거, 어디서 다쳤는지 기억나세요?”

“이거? 글쎄다. 손만 그런 게 아니라 등까지 화상이 있던데. 일하다 다쳤겠지, 뭐. 맨날 하는 게 그런 일이니.”

바닥에 쓰러져 있던 양민준. 그 주변으로 뿜어져 나오던 뜨거운 물. 희한하게도 양민준이 있는 자리만 피해 쏟아졌던. 넋을 놓고 ‘엄마’라고 중얼대던 양민준. 양민준에 대해 기억해 내려고 애쓸 때 스쳐 지나가듯 떠오른 장면들이다. 양민준은 삭제되었다. 짐작가는 바는 있었지만 아직 확실히 엮어지지는 않았다.

“아이고, 이 녀석은 어디서 밥이라도 챙겨 먹고 있는지…….”

슬픈 감정을 얼마나 삭였는지 아주머니는 마른 눈으로 덤덤하게 말했다. 죽이는 경우는 많지 않다는 서혜나의 말이 떠올랐다. 여기저기 써먹을 데가 더 많다고. 서혜나는 분명 무언가를 더 알고 있을 거다. 우리에게 괜히 이런 미션을 줬을 리가 없다.

“아주머니, 저희가 민준이 꼭 찾아 드릴게요.”

그렇게 말하고는 입술을 꽉 깨물고 있는 소희와 눈을 마주쳤다.

내가 살짝 고개를 끄덕이자 소희도 따라서 고개를 끄덕였다. 아주머니가 말했다.

"말이라도 고맙구나. 그래도 위험한 일은 하지 마. 너희까지 해코지 당하면 어떻게 하니. 민준이는 내가 찾을 거야. 내가 무슨 일이 있더라도 찾을 거니까 걱정하지 마."

그때 소희가 무언가를 깨달았다는 듯이 눈을 빛내며 말했다.

"아! 아주머니! 저 양민준 얼굴 기억나요! 아직 제 칩에 정보가 있거든요. 잠시만요, 이걸 말로 설명하기는 어려운데……. 혹시 종이하고 펜 있으세요?"

소희는 양민준의 얼굴을 정확하게 기억하고 있을 거다. 아마 눈앞에서 보듯 생생하게 떠올릴 수 있을 거다. 하지만 안타깝게도 소희는 그림을 못 그렸다. 종이 위에 그려진 건 사람의 얼굴과는 거리가 먼 낙서였다. 나는 양민준의 얼굴을 전혀 기억하지 못하지만 기억한다고 해도 이 낙서와 비슷할 것 같지는 않다. 그런데도 아주머니는 갑자기 왈칵 눈물을 쏟아 냈다.

"그래! 우리 민준이 맞네! 똑같네, 똑같아. 아이고, 고맙다. 어쩜 이렇게……."

기분이 이상해졌다. 이런 알아볼 수 없는 낙서로도 사람과 사람 사이에 감정이 전달될 수 있는 모양이다. 그 감정이 내 마음속 어딘가를 단단히 틀어막고 있던 쐐기를 녹였다. 그 틈으로 새어 들어온 바람에 나는 한없이 먹먹해졌다.

5

"그래서, 우리 미션이 양민준을 찾는 거 맞지?"

"사람 한 명을 찾으려고 이 일을 계획한 건 아냐."

"그래도! 결국에는 찾을 거잖아. 그렇지?"

당장이라도 달려들 듯 방방 뛰는 소희를 보면서도 서혜나는 여전히 냉정했다. 오히려 소희를 날카로운 눈으로 바라봤다. 그 눈빛에 소희는 조금 움츠러들었다.

"너 왜 이렇게 흥분했어? 양민준 별로 좋아하지도 않았잖아."

"그런 문제가 아니잖아! 내가 나 때문에 이래? 너도 민준이네 엄마를 봤으면……."

"봤으면? 내가 달라질 거 같아? 감정이 앞서면 일을 그르쳐. 네가 너무 나대는 바람에 이미 많이 틀어졌어. 성공 확률이 낮아졌다고. 자꾸 이러면 소희 널 뺄 수밖에 없어."

"야! 서혜나! 너 진짜 보자보자 하니까!"

소희가 버럭 소리를 지르는데도 서혜나는 눈 하나 깜짝하지 않았다. 창가에 비스듬하게 기댄 자세도 그대로였다. 소희는 더 대들지 못하고 씩씩거리며 분을 삭였다. 양민준의 어머니를 직접 본 나로서는 소희의 마음이 이해가 갔다. 그래도 이 상황에서는 소희를 달랠 수밖에 없었다.

"소희야, 일단 진정하고. 혜나야, 네가 무슨 말 하는지는 알겠데, 그리고 너 믿기는 하는데, 우리가 너무 아는 게 없으니까 네가 정확히 뭘 하려고 하는 건지, 그게 얼마나 중요한 건지 감이 잘 안 온다고. 그러니까 눈앞에서 없어진 사람한테 더 마음이 갈 수밖에 없잖아. 차라리 네가 잘 설명을 해 주면……."

"모르는 편이 낫다니까."

"……혜나야."

"나는 유수현에게 한 표!"

고민중이 의자에 앉은 채로 바닥을 탁 차며 미끄러져 나왔다. 웬일로 오늘은 헤드 마운트를 쓰지 않았다. 서혜나가 눈을 가늘게 뜨며 고민중을 노려봤다.

"뭐야, 고민중 너까지."

"이 정도까지 왔으면 어쩔 수 없잖아. 이제 진짜 한 팀이라고. 혜나 너 혼자 다 책임질 수는 없어."

"너희가 아는 게 작전에 도움이 안 돼. 좀 더 정확히 말하면, 몰라야만 성공할 수 있는 작전이야."

"우리를 못 믿는 거야? 비밀은 확실히 지킬게."

내가 그렇게 말했지만 서혜나는 고개를 저었다.

"못 믿어서 그러는 게 아니야. 그러는 너희는 날 못 믿는 거야? 지금까지 잘 따라오다가 갑자기 왜 이래?"

"믿고 따라왔는데, 지금 혜나 네가 말을 이상하게 하잖아. 양민 준 구할 거냐고. 그것만 확실히 해 줘."

소희가 집요하게 따지자 서혜나는 왼손으로 가볍게 이마를 짚었다. 10초쯤 지났을까. 생각을 정리했는지 휴, 하고 짧게 한숨을 내쉬고는 우리에게 시선을 돌렸다.

"난 양민준을 미끼로 쓸 거야. 구할 수 있으면 구하겠지만, 최우선 목표는 아냐."

"미끼? 지금 눈앞에서 사람이 사라졌는데 미끼로 쓴다고? 대체 그 최우선 목표라는 게 얼마나 대단하길래!"

소희가 다시 한번 발끈했다. 서혜나는 그럴 줄 알았다는 듯이 팔짱을 낀 채로 단호하게 대답했다.

"너희가 상상하는 것 이상이야. 그리고 이 일에는 너희도 직접적으로 관련되어 있어. 너희에게 전부 다 말해 주지 않은 이유는, 결정도 내가 하고 책임도 내가 지기 위해서였어. 양심의 가책을 느낄 사람이 많아 봐야 좋을 게 없으니까. 이야기를 다 듣고 나면 내 결정을 이해하게 될 거야. 괜히 마음만 무거워지겠지. 그래도 괜찮아?"

"그 정도 각오 없이 이 일을 시작한 줄 알아?"

소희는 더 생각해 볼 필요도 없다는 듯이 딱 잘라 말했다. 그 점에는 나도 동의했다. 마음이 무거워지는 것쯤이야 충분히 감당할 수 있다. 고민중도 고개를 끄덕이자 서혜나는 시계를 확인하더니 창가에 기대고 있던 몸을 똑바로 세우며 말했다.

"마침 시간도 적당하네. 나가자. 오랜만에 등산이나 해 볼까?"

6

6구역은 둥글게 이어진 산으로 둘러싸인 분지다. 그중에서도 북쪽에 있는 낙유산이 제일 높다. 6구역 쪽에서 낙유산으로 올라가는 길은 너무 가팔라서 동쪽으로 빙 돌아 19구역 쪽에서 올라가는 게 보통이다. 가장 높은 주차장에 차를 세운 혜나는 한동안 산허리를 타고 도는 등산로를 따라 우리를 끌고 올라가더니 느닷없이 수풀이 우거진 숲 속으로 쑥 들어가 버렸다.

묵묵히 따라가던 우리는 당황했지만 이내 어떻게 된 일인지 알 수 있었다. 혜나가 들어간 곳 역시 길이었다. 다만 전혀 길처럼 보이지 않는 길이었다. 눈에는 산 위쪽으로 올라가는 구불구불한 통로가 보였지만 뇌로는 전혀 길이라고 생각되지 않았다. 토끼 굴로 들어가는 입구와 원리가 같았다. 심지어 오른쪽으로 한 번, 왼쪽으로 두 번 꺾는 것도 같았다. 그런데 이번에 나타난 건 문이 아니라 탁 트인 도시의 전경이었다.

"우아!"

입에서 저절로 탄성이 흘러나왔다. 왜 여기 왔는지 잊을 정도로 놀라운 풍경이었다. 서쪽 산자락으로 뉘엿뉘엿 넘어가려는 해가 하늘을 붉게 물들이며 6구역 전체에 기다란 그림자를 드리웠다. 그러고 보니 낙유산을 비롯해서 6구역을 둘러싼 산들에 그렇게 많이 올라갔는데도 이 각도에서 6구역 전체를 내려다보는 건 처음이었다. 위험해서 길이 막혀 있는 줄 알았다. 아니, 그런 생각 자체를 안 했다. 항상 그렇듯 무언가를 안 하는 데는 특별한 이유가 없다. 그걸 해야겠다는 생각이 애초에 떠오르지 않으니까.

혜나와 함께 토끼 굴에서 시간을 보내며 전에는 시도도 해 보지 않았던 방향으로 여러 가지 생각을 하게 되었다. 그러다 깨달은 법칙 하나는 이렇다. 특별한 이유가 없는데도 무언가를 하지 않았다면, 사실은 그걸 하지 말아야 할 강력한 이유가 있다는 뜻이다. 특별한 이유 없이 6구역 쪽을 내려다본 적이 없다면, 그건 6구역을 내려다보면 안 되기 때문이다. 그런 생각을 하며 6구역 전체를 유심히 바라보았다. 가파른 산들이 둥글게 둘러싼 구역 가운데가 접시처럼 움푹하게 파여 있었다. 붉게 드리워진 노을로 구역 전체가 불에 타오르는 것 같았다. 마치…….

"분화구 같아."

내가 말했다. 혜나가 짝짝짝, 가볍게 손바닥을 마주쳤다.

"비슷해."

"충돌구?"

혜나가 고개를 끄덕였다. 다시 보니 정말 영락없이 운석이 떨어진 충돌구였다. 어느 방향에서 날아와 부딪혔는지 각도까지 알 수 있을 것 같았다. 6구역 전체가 충돌구 안쪽에 지어진 구역이었다. 그 중심에 내가 다녔던 초등학교와 중학교, 고등학교가 모인 일상재단이 자리 잡고 있었다. 나는 평생을 운석이 충돌한 자리에서 살고 있었던 셈이다. 그 사실을 지금 처음 알았다. 나와 혜나가 하는 말을 들은 소희가 고개를 갸우뚱했다.

"대체 뭐가 보인다는 거야? 그냥 차도하고 건물밖에 없는데."

소희는 잔뜩 인상을 찌푸린 채 앉았다 일어났다를 반복하며 발아래 들어찬 도시를 여러 각도로 내려다보려 애썼다. 아무래도 분화구나 충돌구 모양으로는 영 보이지 않는 모양이었다. 그 뒤에서 민중이는 흥미롭다는 듯이 손으로 턱을 괴고 우리를 바라보고 있었다. 딱히 아래를 내려다보려는 시도도 하지 않았다.

"민중이 너는 여기 어떻게 보여? 운석이 충돌한 자리처럼 보이지 않아?"

"수현이 넌 네가 가진 능력을 정말 모르는구나? 보통 사람에게는 아무리 애써도 삭제되고 뒤바뀐 현실이 보이지 않아. 어떤 강렬한 계기가 있어야 겨우 어렴풋하게 느껴지는 정도지. 소희도 대단하다고 생각했는데 넌 정말 특별한 경우야. 뭐, 절반 정도는 멤브레인 C407 덕분이기는 하지만. 내가 아무리 애써도 그냥 평범한 도시로 보일 거야. 시도해 봐야 시간 낭비지."

"너도 토끼 굴 입구는 알아볼 수 있잖아."

"아니. 전혀 안 보이는데."

"그럼 어떻게 들어와?"

"외웠지. 걸음 수로. 처음에는 일일이 주먹으로 두드려 보고 알았고. 기억 삭제와 인지 왜곡은 네가 생각하는 것 이상으로 강력해. 실제로는 뚫려 있는 입구가 눈에는 막힌 벽으로 보이고 심지어 손으로 허공을 만지는데도 까칠한 촉감이 느껴지지. 다칠 각오를 하고 주먹을 꽂아 넣는 정도는 되어야 왜곡되었던 인지가 깨지고 입구가 드러나. 그러니 도시 전체가 속고 사는 거지."

불과 얼마 전까지만 해도 나 역시 속고 살았다. 도시 안에 지도에 없는 곳이 있을 거라는 생각을 전혀 못 했다. 학교에 보이지 않는 사람들이 있는지도 몰랐다. 운석이 떨어진 자리에 도시를 지었다는 건 더더욱 몰랐다. 그런데 이 사실은 대체 왜 숨긴 걸까.

"그런데 운석은 언제 떨어진 거야? 중생대? 신생대? 역사나 지리 정보에도 없는데."

"십 년 전에."

"십만 년 전?"

"아니. 십 년."

"무슨 말도 안 되는 소리야. 십 년 전이면 내가 여기 살 땐데."

어이가 없었다. 나는 운석 충돌 같은 걸 겪은 기억이 없다. 그런 정보는 어떤 칩에도 들어 있지 않았다. 그리고 도시 어디에도 운석 충돌의 흔적은 남아 있지 않다. 여기 올라와서 이렇게 내려다보기 전까지는 6구역이 충돌구에 지어졌을 거라는 상상은 꿈에서도 해 본 적이 없다. 그런데 고작 십 년 전에 이렇게 거대한 충돌구를 남길 만한 운석이 떨어졌다고? 그럼 여기 살던 사람들이 수없이 죽고 다쳤을 텐데?

충격을 받은 건 나뿐만이 아니었다. 소희는 물론이고 민중이마저 눈을 동그랗게 뜬 채 혜나를 바라보고 있었다. 혜나는 깊게 들이마신 숨을 조용히 내뱉고는 차분하게 설명을 시작했다.

　"너무 많은 사람이 죽었어. 정확한 통계도 내지 못할 정도로. 사망자를 세는 것보다 생존자를 세는 게 빨랐지. 그래서 사망자 통계는 없지만 생존자 통계는 있어. 생존자를 관리해야 했으니까. 생존자 수는 9,526명. 그때 여기는 인구 삼만 명 정도의 작은 도시였어. 그나마도 새로 생긴 연구소 때문에 늘어난 거였지. 시냅스 칩을 연구하는 디바인의 비밀 연구소."

　그 후 혜나가 해 준 이야기는 내가 알고 있던 어떤 상식과도 연결되지 않았다. 칩에 정보가 들어 있지 않은 건 물론이고 적당한 인과관계로 이어 붙일 방법도 없었다. 그래서 우리는 하나둘씩 불빛이 켜지는 도시를 바라보며 혜나의 이야기를 그저 묵묵히 들어야 했다.

　운석이 하필 디바인의 연구소에 떨어진 것까지는 우연이었다. 그 우연이 너무나도 많은 걸 바꾸었다. 디바인은 사고 수습을 위해 기업의 모든 역량을 쏟아붓겠다고 선언하고 수습 과정을 주도했다. 생존자의 정신적 외상을 치료하고 일상으로 복귀시키는 것이 수습의 핵심이었다. 그리고 디바인의 해결책은 지금까지 그 누구도 감히 시도하지 못했고, 할 수도 없었던 방식이었다.

　사고에 대한 기억을 지우는 건 아주 오래전부터 인간의 뇌가 충격을 극복하기 위해 써 온 방식이다. 의학계에서 진지하게 연구되는 주제이기도 하다. 우리는 어떻게든 과거의 아픈 기억을 잊어야 현재에 충실하게 살아갈 수 있다. 엄청난 충격이 아니더라도 불쑥불쑥 떠올라 잠을 설치게 하는 괴로운 기억을 차라리 싹 도려내어 영원히 잊고 싶다고 생각해 본 경험은 누구나 있을 것이다.

하지만 기억이란 그렇게 쉽게 지워지지 않는다. 거미줄처럼 뇌 전체에 퍼져 있는 기억들은 너무 복잡하게 얽히고 겹쳐져 있어서 원하는 기억만 지워 낼 수 없다. 그걸 가능하게 한 것이 뉴럴 소켓과 시냅스 칩 기술이다.

원래 디바인은 인간의 기억력을 극도로 향상시키기 위해 뉴럴 소켓 기술을 개발했다. 그런데 개발 과정에서 어떤 기억을 떠오르게 하는 기술을 그대로 적용하여 어떤 기억을 떠오르지 않게 할 수도 있다는 사실을 발견했다.

물론 한 사람의 기억을 지우는 건 그다지 효과적이지 못했다. 아무리 기억을 지워도 옆 사람이 말해 주거나 그 기억을 떠올릴 수 있는 물건을 바라보는 것만으로도 기억은 너무 쉽게 되살아났으니까. 기억을 완전히 지우기 위해서는 한 사람의 기억뿐만 아니라 그와 연관된 모든 사람의 기억 그리고 그 기억과 연관된 주변 환경 전체를 바꿔야 했다.

디바인의 연구소에 운석이 떨어져 수만 명이 사망한 사건은 이 집단적 기억 삭제 기술을 시험해 볼 절호의 기회였다. 전 국민이 뉴럴 소켓을 착용하고 있었고, 그중 절반 이상이 디바인의 손을 거친 제품이었다. 상황이 너무 잘 맞아 떨어져서 당시에는 디바인이 운석 충돌을 가장한 폭발을 일부러 일으켰다는 소문도 돌았다고 한다.

"디바인이 조작한 정보는 한두 가지가 아니지. 그렇지만 적어도 운석 충돌만큼은 사실이야. 인간이 손댈 수 없는 자연재해였고 그게 하필 디바인의 연구소에 떨어진 건 지독한 우연이지. 하지만 그 이후에 일어난 일들은 우연이 아니야. 모든 일이 철저하게 디바인의 계획 아래 진행되었으니까."

디바인에게는 디바인의 제품이건 아니건 자신들의 네트워크에 물려 있는 소켓이라면 어떤 제품이든지 펌웨어 업데이트를 할 수 있는 권한이 있었다. 그 권한을 이용해 전 국민의 기억에서 운석 충돌 사건을 지웠다. 그 누구도 그 사건을 다시 떠올리지 못했다.

문제는 가족을 잃은 생존자들이었다. 무너진 건물은 다시 지으면 된다. 하지만 죽은 사람은 돌아올 수 없다. 디바인의 해결책은 사람들이 사망자를 떠올리지 않게 하는 것, 말하자면 삭제였다.

사망자가 친구거나 적당히 아는 사람일 경우에는 아예 그 사람이 존재했다는 사실 자체를 잊게 했다. 형제나 자매를 잊게 한 경우도 있었다. 형제를 모두 잃은 사람은 자신이 외동으로 태어났으며 한 번도 형제가 있었던 적이 없다고 믿었다. 하지만 부모는 그게 불가능했다. 자신을 낳아 준 사람이 없을 수는 없으니까.

"개인적인 질문이라 좀 그렇긴 하지만…… 수현이 너, 부모님이 어떻게 돌아가셨는지 알고 있어?"

"몰라. 워낙 어렸을 때라서. 혜나 네 말대로 십 년 전에 운석 충돌이 있었다고 해도, 그땐 이미 부모님이 돌아가신 후일 거야."

"초등학교 입학식에는 누구랑 같이 갔어?"

"기억이 잘 안 나는데. 혼자 가지 않았을까?"

"기억해 봐."

초등학교 입학식에 관한 기억은 없다. 기억을 떠올리려고 해 본 적도 없다. 억지로 떠올리려 해 봤지만 소용없었다. 체육관 안에 아이들만 잔뜩 모여 있던 기억이 파편처럼 스쳐 지나가는 게 전부였다. 그 얘기를 하니 혜나가 코웃음을 쳤다.

"네가 기억하는 그 체육관, 일상초등학교 체육관이지?"

"그렇겠지."

"일상 재단이 만들어진 건 구 년 전이야. 초등학교, 중학교, 고등학교 다 그때 생겼어. 네가 입학할 때는 일상초등학교가 없었다고. 기록을 찾아보면 아마 2학년 때 전학을 온 걸로 나올 거야."

"전학? 내가 전학을 왔다고? 초등학교 때?"

"어릴 때 같이 놀았던 친구 중에 기억나는 애 있어?"

오래된 친구 몇 명의 이름이 떠올랐다. 전부 초등학교를 같이 다닌 애들이다. 그 애들과 유치원 때도 같이 놀았는지는 잘 기억이 나지 않는다. 그런 것 같기도 하고 아닌 것 같기도 하다.

"잘 모르겠는데."

"내가 왜 자꾸 이런 걸 물어보는지 정말 모르겠어?"

혜나가 약간 나무라는 투로 말했다. 어릴 때의 기억이 대체 무슨 문제지? 기억이 날 수도 있고 안 날 수도 있지. 그렇게 생각하다가 문득 깨달았다. 깨닫고 나니 처음부터 이런 생각을 하지 않았다는 게 믿어지지 않았다. 혜나의 질문은 당연히 운석 충돌과 연관된 것이었다. 수만 명이 죽었다는 운석 충돌.

"잠깐, 잠깐만. 혜나 너 지금…… 우리 부모님이 그때 돌아가셨다고 말하는 거야? 운석이 충돌했을 때? 그러니까 십 년 전에? 그때 나만 살아남은 거고? 그런 거야?"

"사망자에 대한 정보는 완전히 삭제되었어. 그러니 백 퍼센트라고 말할 순 없어. 하지만 유수현 네 상황을 보면 거의 확실하다고 해야겠지. 너뿐만이 아냐. 6구역에 부모님이 안 계신 애들이 유난히 많이 살고 있다는 생각, 해 본 적 없어?"

해 본 적 없다. 따져 보니 같은 반 친구 중 절반 정도가 혼자 산다. 다른 학교도 다 이러지는 않을 것이다. 하지만 이상하다는 생각은 한 번도 해 보지 못했다. 그냥 당연하고 자연스러웠다. 부모님이 안 계시다는 사실을 슬퍼해 본 적도 없고 아쉬워해 본 적도 없다. 아예 그런 생각을 떠올리지 않고 살았다. 그게 다 디바인의 생존자 회복 프로그램 때문이었다.

산을 걸어 내려오는 동안 계속 이어진 혜나의 이야기는 주차해 놓은 차에 도착할 때쯤에야 겨우 마무리되었다. 어느새 해가 완전히 넘어가 깜깜했다. 내비게이션에 토끼 굴로 돌아가는 경로를 입력하며 혜나가 가라앉은 목소리로 말했다.

"6구역에 혼자 살고 있는 애들 대부분은 그때 부모님을 잃었을 거야. 너희도 마찬가지고. 물론 확실하진 않아. 모든 기록이 사라졌으니까. 어떤 기록이 사라졌는지까지도……."

"난 아냐."

소희의 말이 혜나의 설명을 끊으며 툭 튀어나왔다. 우리가 돌아보자 소희는 평소답지 않은 무거운 표정으로 말했다.

"민준이 어머니를 만난 이후로 어떤 느낌들이 자꾸 떠올라. 기억이라고 말할 정도로 선명하지는 않지만, 내가 누구를 그리워하고 있는 건지는 알 것 같아. 내가 잃은 건 언니야. 이름도 얼굴도 모르지만 분명히 언니야."

"그럴지도."

혜나는 소희의 말에 무심하게 대답했다. 차가 천천히 움직이기 시작했다. 왔던 길을 되짚어 다시 6구역으로 돌아가는 동안 혜나가 우리를 보며 말했다.

"내 목표는 그렇게 지워 버린 기억들을 사람들에게 다시 되돌려 주는 거야. 그리고 뉴럴 소켓을 이용해 그런 식으로 기억을 조작하고, 사람을 안 보이게 하고, 어떤 것에 대해서는 아예 떠올리지조차 못하게 하는 짓을 멈추는 거고. 다시 말해서 이건 너희가 잃어버린 가족의 기억을 되찾는 일이기도 해. 이제 이 일이 왜 너희에게 중요한지 알겠지? 왜 양민준을 미끼로 써서라도 그 목표를 달성해야 하는지도."

그렇게 말하는 혜나의 목소리는 자신만만했다.

7

"응. 잘 알겠어."

혜나의 말을 들은 소희가 고개를 끄덕였다. 그러고는 혜나를 향해 단호하게 선언했다.

"그러니까 나는 양민준을 구할 거야. 무슨 수를 써서라도."

"뭐라고?"

혜나의 눈이 동그랗게 커졌다. 혜나가 그렇게 놀라는 건 처음 봤다. 소희의 반응을 전혀 예상하지 못한 모양이다. 소희가 다시 한번 확실히 말했다.

"양민준을 구할 거라고."

"백소희, 내 말을 잘 이해 못 한 것 같은데. 이건 네 언니에 관한 일이야. 넌 네가 기억하지 못할 정도로 오래전부터 언니를 찾고 있었잖아. 그런데 그걸 포기하고 양민준을 구하겠다고?"

"언니 찾는 걸 포기한다고는 안 했어. 양민준을 구하겠다고 했지."

"우선순위의 문제잖아! 양민준을 먼저 구하려고 하면 네 언니를 찾을 확률이 낮아진다고. 그게 이해가 안 돼?"

"뭐래. 난 양민준도 구하고 언니에 대한 기억도 찾을 거야. 둘 다 할 거라고. 어쨌든 지금 우리가 결정해야 하는 건 양민준을 구할지 말지잖아? 그러니까 구한다고. 혜나 너야말로 이게 이해가 안 돼?"

"하……, 진짜."

혜나가 어이없다는 듯이 한숨을 푹 내쉬고는 민중이를 돌아보았다. 민중이는 머리를 긁으며 말했다.

"글쎄, 난 부모님에 대한 기억이 전혀 안 나. 그게 아쉽지도 않고. 말했지만 나는 디바인의 프로그램이 완벽하게 적용된 케이스 거든. 그러니까 나한테는 그 기억을 찾는 게 중요한 문제가 아냐."

"거봐! 그러니까 너도 양민준을 구하겠다는 거지? 자, 그럼 양민준에 두 표."

소희가 반색하며 말했지만 민중이는 눈을 동그랗게 뜨고 손을 저었다.

"어어, 잠깐. 나는 서혜나에게 한 표야."

"뭐? 이건 또 무슨 소리야. 고민중 너 장난해? 왜 이랬다저랬다 해?"

이번에는 소희가 눈을 동그랗게 뜨며 펄쩍 뛰었다. 민중이는 당장이라도 달려들 것 같은 소희에게 기다란 팔을 휘저으며 변명했다.

"이랬다저랬다 한 적 없어. 나는 처음부터 혜나의 계획을 따를 생각이었다고."

"아까는 유수현에게 한 표라며? 진실을 알고 싶다며?"

"알고 싶었지. 그래서 알았고. 그 뒤에도 생각이 안 바뀐 거지. 나는 여전히 양민준을 구하는 것보단 혜나의 목표가 훨씬 더 크고 중요한 문제라고 생각해. 그리고 혜나가 양민준을 안 구하겠다는 것도 아니잖아. 그냥 우선순위가 뒤라는 거지."

"뭐라는 거야, 진짜. 그놈의 우선순위."

소희가 민중이를 째려보며 입을 쭉 내밀었다. 반대로 혜나의 얼굴에는 안도의 기색이 돌았다. 혜나가 나를 돌아보며 물었다.

"유수현, 너는 어느 쪽이야? 부모님에 대한 기억을 되찾지 못하게 되는 한이 있더라도 양민준을 구하고 싶어?"

"그게⋯⋯."

누구보다도 기억을 찾고 싶을 소희는 양민준을 택했고 기억 같은 거 별로 상관없는 민중이는 오히려 기억을 찾는 쪽을 택했다. 언뜻 반대여야 할 것 같지만, 자식을 잃어버린 양미숙 씨의 고통에 각자 얼마나 공감하는지를 놓고 보면 당연한 결과이기도 하다. 그렇게 따지면 나도 양민준을 구하고 싶은 마음이 더 크다. 하지만 내 머릿속에서는 두 사람과는 또 다른 질문이 맴돌았다.

혜나는 이 일이 각자의 기억을 찾는 문제라는 사실을 알려 주기만 하면 당연히 우리가 자신의 계획에 따를 거라고 생각했다. 그 과정에서 양민준을 찾는 일을 포기하며 마음이 무거워질 거라고, 그러느니 차라리 자신이 모든 결정을 내리고 그 무게를 짊어지겠다고 결심했을 것이다. 그런데 나는 일단 내가 부모님에 대한 기억을 되찾고 싶은지부터 확신할 수 없었다.

혜나의 설명이 막 끝났을 때는 기억을 되찾고 싶다고 생각했다. 하지만 곰곰이 생각해 보니 그 생각은 그냥 호기심이었다. 나는 궁금했던 거다. 부모님이 어떤 사람이었을지, 나와는 사이가 좋았을지 나빴을지, 왜 여기 살았는지, 왜 나는 살고 부모님은 돌아가셨는지.

부모님을 기억하지 못한다는 게 하나도 마음 아프지 않았기 때문에 그 기억을 되찾으면 마음이 아플지도 모른다는 생각도 하지 못한 거다. 부모님은 이미 돌아가셨다. 기억을 되찾는다고 해서 부모님이 살아 돌아오시는 게 아니다. 돌아올 수 없는 부모님을 매일 그리워하며 살기는 싫다. 차라리 지금처럼 부모님에 대한 감정조차 지워진 상태라면 적어도 괴로울 일은 없을 것이다.

그런데 그렇게 따지면 디바인의 해결책이 옳았다는 뜻이 된다. 디바인이 부모님에 대한 기억을 전부 지워 버렸기 때문에 나는 마음 편히 살아올 수 있었다. 심지어 이렇게 그 기억을 다시 찾을 기회가 주어졌는데도 선뜻 내키지 않는다. 그럼 차라리 아주머니의 기억을 더 완벽하게 지워 버리면 아주머니도 나처럼 마음 편히 살아갈 수 있지 않을까. 괜히 어설프게 양민준을 구하겠다고 들쑤시다가 아주머니가 어디로 사라졌는지도 모르는 아들을 매일 그리워하며 살게 만드는 건 아닐까.

"야! 유수현! 뭘 망설여?"

소희가 재촉했다. 소희의 눈빛에는 망설임이 없었다. 언니에 대한 기억을 찾고 싶은 마음은 분명 나보다 더 클 텐데도 소희는 길게 생각할 것도 없이 양민준을 택했다. 그래, 차라리 소희처럼 생각하는 게 마음이 편할지도 모른다. 내 기억을 찾는 문제는 답을 내리기 어렵지만 양민준을 구하는 문제는 단순하고 명확하다. 뭐가 되었든 일단 양민준을 구하고, 나머지는 그다음에 생각해도 되지 않을까.

"나는, 양민준."

"좋아! 그럼 양민준 두 표, 서혜나 두 표. 동점이니까 가위바위보를 해야 하나? 아니면 사다리 타기?"

소희가 혜나를 바라보며 전의를 불태웠다. 하지만 혜나는 소희의 시선은 아랑곳하지 않은 채 손으로 턱을 괴고는 생각에 잠겨 있었다. 그러더니 결심이 선 듯 우리를 바라보며 말했다.

"아니. 유효표는 세 표야. 양민준 두 표, 서혜나 한 표. 그러니 양민준을 찾는 일을 우선으로 할게."

"진짜? 혜나 너 기권하는 거야? 나중에 무르기 없기다!"

"기권이 아니야. 생각해 봤는데 나는 이 일에 대해 결정할 권리가 없어. 당사자가 아니니까. 너희 생각을 함부로 넘겨짚어서 미안해. 앞으로도 최종 결정은 너희에게 맡길게."

"뭐야, 서혜나, 삐진 거야? 우리가 말 안 들어서?"

"그래, 삐졌다. 어쩔래?"

혜나가 코를 찡그리며 웃었다. 그러고는 소희의 머리카락에 손을 넣어 헝클어뜨렸다. 소희는 혜나의 가슴에 이마를 콕 박으며 몸을 기댔다. 그 모습을 잠시 바라보다 물었다.

"그럼 혜나 너는 뭘 하려고?"

그러자 혜나는 소희의 머리카락에서 손을 빼고 창가로 걸어가 몸을 기댔다. 창문으로 들어오는 불빛이 혜나 얼굴의 절반에 그림자를 드리웠다. 혜나가 말했다.

"나는 그냥 내가 할 수 있는 일을 할 거야. 대신 나중에 날 원망하지는 마. 선택에는 책임과 함께 위험도 따르니까. 미리 알려 주는데, 양민준을 이용하는 쪽보다 구하는 쪽이 훨씬 위험할 거야."

유령들이 하는 일

1

혜나가 왜 엄마인 서주미 대표를 미워하게 되었는지 이유를 짐작하기는 어렵지 않았다. 입학식에서 경호원의 뺨을 때리던 서주미 대표의 모습은 아직도 생생하다. 그걸 경멸하듯 바라보던 혜나의 눈빛도 기억난다. 처음엔 내가 또 헛것을 봤다고 생각했는데, 예전에는 보지 못하던 것들을 볼 수 있게 된 지금은 그게 진짜라는 걸 안다. 그 사실은 혜나도 확인해 주었다.

"그 사람은 자기가 다른 사람들과는 다르다고 생각해. 자긴 엄청나게 대단한 일을 하는 사람이니까 다른 사람을 도구처럼 쓰는 게 당연하다는 거야. 뺨 때리기 정도는 아무것도 아니지. 그냥 고장 난 전자 제품을 두드려 보는 정도로 생각할걸."

"그런데 그 사람들이 가만히 있어?"

"가만히 있지 않으면? 눈 밖에 나면 쥐도 새도 모르게 사라져서 유령이 될 텐데. 아, 그 사람들도 유령의 존재는 몰라. 기억에서 지워지니까. 그냥 막연한 두려움만 있는 거지. 어떤 사람은 그게 당연하다고 생각하기도 해. 서주미 대표는 우리와는 다른 대단한 사람이니까 그래도 된다는 거야. 그냥 주어진 환경에 적응하는 거지. 어차피 바꿀 수 없으니까."

소희와 민중이에게는 아직 입학식 때 본 광경에 대해서 이야기한 적이 없다. 혜나의 개인적인 문제와도 연관이 있을 테니 함부로 말을 꺼내면 안 될 것 같았다. 토끼 굴에 둘만 남게 되었을 때 슬쩍 물어 보았더니, 혜나는 의외로 거리낌 없이 대답해 주었다. 누군가에게 그런 이야기를 하고 싶었던 것 같기도 했다.

"아무리 그래도 그런 걸 어떻게 참지?"

"이상해? 내가 보기에는 너희도 이상해. 나나 장근형 같은 애들이 특별 대우 받는 게 부당하다고 생각하지 않아?"

"그거야 뭐, 모든 사람이 너네처럼 살 수는 없는 거잖아. 그리고 솔직히 장근형은 몰라도 혜나 널 보면 특별 대우 받을 만한 것 같은데."

나는 가볍게, 칭찬의 의미로 그렇게 말했다. 실제로 그렇게 생각하기도 했다. 능력도 능력이지만 겉모습만 봐도 나처럼 평범한 아이들과 혜나는 수준이 다르게 느껴졌으니까. 그런데 그 말을 들은 혜나의 표정이 싹 굳어서 나는 적잖이 당황했다.

"수현이 너까지 그런 말을 할 줄은 몰랐는데. 내가 특별해 보여? 어떤 면에서?"

"그냥…… 공부도 잘하고, 머리도 좋고, 말도 똑 부러지게 하고. 뭐, 품위 같은 것도 좀 있어 보이고. 그러니까……."

혜나가 내게 저벅저벅 다가오는 동안 나도 모르게 조금씩 뒷걸음을 치며 황급히 하나씩 이유를 갖다 붙였다. 민중이의 컴퓨터가 있는 책상에 부딪혀 더 물러날 수 없게 되자 혜나와의 거리는 한 뼘도 안 되게 줄어들어 버렸다. 혜나의 얼굴을 이렇게 가까이서 보는 건 처음이었다. 자세히 보면 볼수록 혜나는 더 특별해 보였다. 나는 얼굴이 확 달아올라서 그만 이렇게 말해 버렸다.

"솔직히 다른 건 다른 거지! 그렇게 보이는 걸 나보고 어떻게 하라고?"

"공부 잘하고 머리 좋아 보이는 건 비싼 소켓 때문이겠지. 겉모습 꾸미는 것도 돈으로 되는 거고. 그래, 내 태도가 건방져 보이는 건 나도 알아. 어릴 때부터 그렇게 훈련을 받았으니까. 그렇다고 내가 특별해? 수현이 네가 디바인 대표의 아들이었으면 너도 나 같은 사람이 되었을 거야. 그런데도 내가 특별 대우 받는 게 당연해? 너하고 내가 그렇게 달라 보여?"

"아니, 나는 나쁜 뜻으로 한 말이 아니라……."

"당연히 아니겠지. 나한테는 아무도 나쁜 말을 하지 않아. 왜?

나는 서주미 대표의 딸로 태어났으니까. 출신부터 다른 사람이니까. 지금 내 모습, 내가 누리는 것들, 사람들이 나를 보는 시선, 전부 다 마땅히 내가 얻어야 할 것들이니까. 근데 그거 알아?"

홍분을 해도 혜나의 목소리는 낮고 차가웠다. 하지만 눈빛은 평소와 달리 흔들리고 있었다. 그 눈빛을 보며 나는 처음으로 혜나도 나와 똑같은 고등학교 1학년이라는 생각을 했다.

"나는, 네가 어떻게 생각할지는 몰라도, 정말 많이 노력했어. 나, 남들보다 똑똑하고 싶고 남들보다 멋지고 싶고, 그래, 남들한테 잘난 척하고 싶어. 그런데 난 내가 노력해서 그런 사람이 되고 싶어. 당연하게, 공짜로 얻는 게 아니라, 정정당당하게 그런 사람이 되고 싶다고. 이 따위 불공정한 게임 진절머리 나. 엄마가 만들어 놓은 가짜 세상에서 다른 사람 뺨이나 때리면서 살고 싶지 않다고. 끔찍해, 진짜."

또박또박 쏟아 내는 말을 들으며 혜나의 마음을 조금은 이해할 수 있을 것 같았다. 달아올랐던 얼굴도 가라앉았다. 혜나도 진정이 되었는지 작게 한숨을 내쉬며 한발 뒤로 물러났다.

"오해하지는 마. 내가 가진 것들을 버린다는 말은 아니니까. 이용할 거야. 내가 부당하게 누리고 있는 권리를 최대한 이용해서 엄마가 만든 세상을 깨 버릴 거야."

"그러고 보니 궁금했는데, 혜나 너는 이걸 다 어떻게 알게 된 거야? 기억 조작이나 운석 충돌 같은 거 말야."

"배웠지. 엄마는 나를 디바인 그룹의 후계자로 키우고 싶어 하니까. 지금 내가 이러는 건 사춘기의 반항, 뭐 그런 걸로 보고 대수롭지 않게 여겨. 어떻게 보면 그게 엄마 같은 사람들의 약점이지. 자기는 특별한 사람이고, 자기가 누리는 권리 역시 너무 당연하다고 생각하니까 그 권리를 버리고 싶어 할 거란 생각 자체를 못 하는 거야. 물론 너무 티 나게 행동하면 의심을 받겠지. 그래서 너희의 도움이 필요한 거야."

그렇게 말하고 혜나는 자신의 귀 뒤에 달린 소켓을 손가락으로 톡톡 두드렸다.

"그리고 이 소켓도 수현이 네 것만큼이나 특별해. 디바인의 통제에서 살짝 벗어나 있거든. 다른 사람들이 보지 못하는 걸 꽤 많이 볼 수 있어. 예를 들면 엄마가 경호원의 뺨을 때리는 광경 같은 거 말야. 일반적인 소켓을 시술받은 사람들은 그런 모습을 보더라도 기억에 남지 않아. 엄마가 좋은 일을 한 것만 기억하지. 일부러 다정한 척 할머니를 일으켜 주는 거, 너도 봤지? 사람들은 서주미 대표나 장인철 이사장 같은 권력가들의 좋은 면만 보도록 되어 있어. 그렇지 않으면 아예 관심을 안 두거나."

혜나는 나를 바라보며 잠시 머뭇거리다가 이렇게 덧붙였다.

"그리고 그 권력가에는 나도 포함돼. 다시 말해 너희가 나를 좋게 보는 건 소켓 때문이라는 뜻이야. 내가 진짜로 좋은 사람이어서가 아니라."

"음, 사실 여기 토끼 굴에 들어오게 된 이후로 혜나 네가 좀 달라 보이기는 해."

"그래, 어쩔 수 없지."

"혜나 넌 내가 생각한 것보다 훨씬 더 좋은 사람 같아."

정말 솔직한 마음이었다. 내 소켓이 이상해서인지는 몰라도, 혜나나 장근형 같은 애들이 무작정 멋있어 보이지는 않았다. 장근형은 여전히 좀 재수 없다고 생각한다. 하지만 혜나는 보면 볼수록 괜찮은 애다. 내 말을 들은 혜나의 눈이 조금 커졌다.

"뭐? 재밌네. 너 그런 농담도 할 줄 알아?"

"아니, 진짜로."

"됐고. 하여튼 정신 똑바로 차려. 내가 널 얼마나 위험하게 만들고 있는지 알면 그런 말 못 할걸."

"같이 선택한 거잖아. 책임도 같이 지면 되지."

"내가 말했지? 난 책임지지 않는다고. 아니, 책임질 수 없지. 서주미의 딸 서혜나는 안전해. 고맙게도 말야. 그래서 선택권도 포기한 거야."

"그래. 어쨌든 난 그렇게 선택한 거니까 최대한 조심해야지. 위험해지지 않도록."

"제발 좀."

혜나는 거기까지만 말하고 입을 다물었다. 어색한 침묵이 흘렀다. 결국 내가 헛기침을 하며 화제를 돌렸다.

"참, 그런데 장인철 이사장은 뭐가 그렇게 특별한 거야? 일상 재단이 좀 크긴 하지만 디바인 그룹에 비할 바는 아니잖아."

"몰랐어? 장인철 이사장은 디바인의 전 대표야. 그건 접근 금지된 정보가 아닌데. 엄마에게 쫓겨나다시피 자리에서 내려갔다는 건 비밀이지만."

"디바인의 전 대표? 그런데 쫓겨났다고?"

"겉으로야 평화롭게 물려주고 나간 거지만 백 퍼센트 본인의 의지는 아니었을 거야. 서주미 대표가 빛이라면 장인철 이사장은 그림자인 셈이니까. 나는 장인철 이사장이 기억 조작과 관련된 온갖 지저분한 일들을 대신 해 주고 있을 거라고 의심하고 있어. 일상 재단 이사장이라는 자리는 위장이고."

"지저분한 일이라면, 혹시 양민준을 사라지게 만든 거?"

혜나는 말없이 고개를 끄덕였다.

2

양민준은 그다지 착한 아들은 아니었다. 혼자 사는 아이들이 부모님을 그리워하지 않아서인지 부모님과 같이 사는 아이들도 그 사실에 별로 고마워하지 않았다. 그러니 양민준이 자기 어머니가 무슨 일을 하는지 모르는 건 어찌 보면 당연했다.

양미숙은 아들에게 자신이 무슨 일을 하는지 숨기고 싶어 했다. 학생들이 일하는 사람들을 보지 못하는 게 차라리 다행이라고 여겼다. 아들이 친구들과 노는 모습을 지켜볼 수 있는 것도 좋았다. 가끔은 너무 빤히 쳐다보다가 주의를 받기도 했다. 일하는 사람들은 학생들의 눈에 띄지 않을 의무가 있다. 원래도 그랬지만, 양미숙은 더더욱 자신이 드러나지 않게 조심해야 했다.

학교에서 선생님을 제외한 누군가가 일하고 있다는 개념 자체가 없기 때문에 학생들은 일하는 사람들을 봐도 사람이라고 생각하지 못했다. 그냥 사물이나 풍경이라고 느꼈다. 아무리 그래도 물건이 자신을 붙잡고 흔들면 어딘가 이상하다고는 느낄 것이다. 그러면서도 그게 자신과 똑같은 사람이라고까지는 생각하지 못한다. 디바인의 인지 왜곡 프로그램은 그만큼 강력하다. 하지만 가끔 왜곡이 깨지고 진실을 알아보는 경우가 있다. 양민준이 바로 그런 경우였다.

급식실에서 온수 밸브가 터졌을 때 양미숙은 양민준의 바로 옆에 있었다. 밸브 틈새에서 뜨거운 김이 새어 나오는 걸 보고 양미숙은 본능적으로 민준에게 몸을 던졌다. 넘어진 민준을 감싸 안아 터져 나오는 뜨거운 물이 민준의 몸에 닿지 않도록 했다. 자신의 등과 손에 화상을 입으면서도 행여나 한 방울이라도 민준에게 닿을까 걱정했다. 그 순간, 민준이 엄마를 알아봤다.

당황한 양미숙은 아픈 것도 잊고 서둘러 몸을 일으켜 조리실로

도망갔다. 규칙을 어겨 학생에게 정체를 들켰으니 학교에서 쫓겨날 거라고 생각했다. 하지만 조치를 당한 쪽은 양미숙이 아니라 양민준이었다. 그렇게 양민준은 삭제되었다. 유령이 된 것이다.

혜나는 같은 학교 학생을 포함한 주변 사람들의 상태를 계속 체크하고 있었다. 누군가가 삭제되면 알아채기 위해서였다. 나를 비롯한 그 누구도 양민준이 사라졌다는 걸 알지 못했다. 마치 처음부터 그런 애는 없었던 것처럼 떠들고 행동했다. 하지만 혜나는 양민준이 사라졌다는 걸 깨닫고는 얼마 전 있었던 온수 밸브 사건을 기억해 냈다. 그리고 학교에서 일하는 분리된 사람 중 하나가 이 사건과 연관이 있으리라고 추측했다.

"양민준을 찾는 게 우선이라도, 그걸 위해 우리 정체를 드러내는 위험은 감수하지 않을 거야."

양민준을 먼저 구하기로 결정하고 나서 얼마 지나지 않아, 혜나는 토끼 굴로 모두를 불러 모았다. 혜나 역시 사람이 실제로 삭제된다는 사실을 확인한 건 양민준이 처음이었다. 디바인이 정부와 결탁하여 사람들의 기억을 조작하고 있고, 그 일에 방해되는 사람들을 기억 삭제라는 방법으로 세상에서 아예 존재하지 않았던 것처럼 지워 버려 유령으로 만든다는 건 혜나가 세운 가설이다. 이제 그 가설은 증명되었다. 그리고 혜나에게는 몇 가지 가설이 더 있었다.

디바인은 어떻게 사람들의 기억을 조작하는 걸까. 혜나의 기록에 따르면 양민준이 사라진 건 펌웨어 업데이트가 있었던 지난 월요일이다. 모든 사람의 기억을 동시에 조작하려면 펌웨어 업데이트를 이용하는 방법밖에 없을 거다. 뉴럴 소켓에는 금지 개념을 입력하면 관련된 기억들을 아예 떠올리지 못하게 하는 필터가 이미 내장되어 있다.

"잠깐만, 그럼 민중이가 해킹을 해서 펌웨어 업데이트를 해 버리면 되는 거 아냐? 그런 필터를 전부 다 동작 못 하게 만들어 버리면 되잖아."

내가 묻자 혜나가 고개를 저으며 대답했다.

"그게 그렇게 간단하면 너희를 모으지도 않았어. 펌웨어 업데이트는 최고 수준의 보안 상태에서 진행돼. 엄마와 장인철 이사장이 동시에 생체 인증을 하고 있는 상태에서만 업데이트를 할 수 있다고. 게다가 업데이트를 어디서 하는지도 몰라. 적어도 디바인 본사는 아닌 거 같아. 아마 그곳에 양민준도 붙잡혀 있을 거야."

"그럼 거길 어떻게 찾아?"

"그래서 양미숙 씨가 필요한 거지. 자식에 대한 기억이 완벽하게 삭제되려면 펌웨어 업데이트만으로는 부족하거든."

소켓에 필터를 걸어 놓는 것만으로는 부족하다. 그 사람이 살던 흔적이 집 안 어딘가에 남아 있다면 아무리 필터가 걸려 있어도 그 흔적을 보고 기억이 떠오를 수 있다. 그러니 그런 흔적들 역시 물리적으로 제거해야 한다. 나와 소희는 이미 양민준의 집에서 양민준의 흔적이 완전히 사라진 걸 확인했다. 그런 건 원격 업데이트로 할 수 없다. 누군가 직접 그 집에 들어가 물건들을 치워야 한다. 애초에 양민준 본인을 납치하려고 해도 그 일을 할 사람이 필요하다. 이런 일을 담당하는 비밀 조직이 있다는 게 혜나의 가설 중 하나였다.

"그런 일을 하는 사람이 평범하게 다른 사람과 섞여서 살기는 힘들 거야. 비밀이 누설될 위험도 있고. 그렇다면 그 일을 맡기기에 가장 좋은 사람이 누굴까?"

"삭제된 사람들 말하는 거야?"

"유. 령."

혜나가 나를 보며 한 글자씩 또박또박 끊어 말했다. 나는 얼른 덧붙였다.

"아, 그래, 유령. 유령 말야?"

"정답이야. 시스템을 위협하는 사람들을 삭제해 유령으로 만들고, 그 유령들로 사람들을 삭제하는 시스템을 운영하는 거지."

"그런데 유령들이 순순히 그런 일을 할까? 시스템에 불만이 많을 텐데."

"유령이 과연 인간다운 대접을 받을까? 디바인의 실험 대상이 되어서 수도 없이 기억을 조작당하고 가짜 인격을 주입당하겠지. 그러면 얼마 지나지 않아 그냥 몸뚱이만 남은 빈껍데기가 되어 버릴 거야. 그래서 유령인 거지."

"그럼 더더욱 빨리 양민준을 구해야지!"

소희는 마음이 급한지 발을 동동 굴렀다. 혜나가 걱정스러운 눈초리로 소희를 보며 말했다.

"감정이 앞서면 안 된다고 했지? 까닥 잘못하다간 너희도 잡혀가서 유령이 될 거야. 그러니 무엇보다 들키지 않아야 한다는 거 잊지 마."

"알았어. 조심할게. 그럼 우리는 뭘 어떻게 하면 되는 거야?"

"지난번과 비슷해. 수현이가 보고, 소희 네가 확인하면서 유령을 찾아내는 거야."

"내 칩에 들어 있는 얼굴 정보에는 유령이 없지 않아?"

"그래. 그러니까 네가 누군지 알아보지 못하면 그 사람은 유령이란 뜻이겠지. 지난번보다는 좀 더 까다롭지?"

"문제없어! 지금까지 내가 10초 안에 못 알아본 사람은 없으니까. 10초가 넘어가면 칩에 정보가 없는 거야."

소희는 자신감이 넘쳤다. 원래도 그랬지만 양민준의 엄마와 만난 후로는 한결 더 들떠 있었다. 생각하면 할수록 혼란스럽고 막막해지는 나와는 반대였다.

"그런데 유령을 어디서 찾지? 저번에는 학교에서 일하는 분들이니까 계실 만한 곳을 짐작할 수 있었는데 이번에는 그런 단서가 전혀 없잖아."

"단서가 없으면 만들어야지."

3

"도와달라니! 내 아들을 찾는 일인데, 간이라도 빼 달라면 빼
줄 텐데 그까짓 걸 못 하겠니?"

아주머니는 두말할 것 없이 승낙했다. 아주머니가 양민준을 떠
올릴 수 있는 물건을 집에 놓으면 유령들이 몰래 와서 수거해 간
다는 게 혜나의 가설이었다. 혜나의 말에 따르면 양민준은 단순히
엄마를 알아봤기 때문에 삭제된 게 아니었다. 그 정도는 그 사건
에 대한 양민준의 기억을 지우는 걸로도 충분히 수습할 수 있다
는 것이다.

"전에 이야기했었지? 자기 자식을 잊는 부모는 없다고. 디바인
의 기억 삭제 프로젝트에서 가장 처리하기 어려웠던 부분이었지.
운석 충돌로 부모를 잃은 아이들을 관리하는 건 쉬웠어. 하지만
자식을 잃은 부모들은 수없이 문제를 일으켰어. 자식이 오래 전에
다른 이유로 죽었다거나 멀리 외국에 있다는 식으로 가짜 정보를
만들어 넣기도 했지만, 자식에 대한 진짜 기억과 그리운 감정을
다시 떠올리는 건 어떻게 해도 막을 수 없었지. 그래서 아직 계속
실험 중인 거야. 양민준과 양미숙 씨는 그 실험 대상이 된 거고. 그

러니 디바인은 양미숙 씨를 계속 관찰하며 기억 삭제를 유지하기 위해 여러 가지 조치를 취할 거야. 이제 너희가 얼마나 위험한 일에 뛰어든 건지 알겠어?"

그렇게 말하며 혜나는 자신의 계획을 설명했다. 혜나가 세운 시나리오는 이렇다. 양미숙 씨는 아직 아들에 대한 기억이 어렴풋하게 남아 있는 상태다. 그래서 번화가에서 지나가는 사람들을 하염없이 바라보기도 한다. 어느 날, 양미숙 씨는 우연히 상가 진열장에서 아들과의 추억과 연관된 물건을 본다. 그리고 왠지 모르게 그리운 기분이 들어 그걸 사 가지고 온다. 그러면 그 물건들을 치우거나 다른 물건으로 바꿔 놓기 위해 유령들이 양미숙 씨의 집에 찾아온다. 그때 몰래 유령의 정체를 확인한다.

"들키지 않는 게 가장 중요해. 의심받는 순간 끝이니까. 그래서 추적 장치 같은 걸 달 수도 없는 거야. 너무 가까이 가지도 마. 최대한 자연스럽게, 멀리서 확인해야 해. 유령을 찾아내면 어떤 차를 타는지까지만 알아내. 그다음은 민중이가 추적할 테니까."

나와 소희는 학교 구석에서 몰래 아주머니를 만났다. 의심받지 않고 인적이 뜸한 곳을 돌아다니기 위해 우리는 학교 전체에서 공인받은 커플이 되어야 했다. 우리가 설명하는 혜나의 계획을 아주머니는 열심히 귀담아들었다. 여러 번 상기시킨 덕분에 아주머니는 이제 자신의 아들이 사라졌다는 걸 분명하게 알았다. 아들과의 추억도 하나둘씩 떠오르는 중이었다.

"생각나지. 아이고, 그 녀석이 좋아하던 것들을 그렇게 싹 다 가져가 버렸으니. 지독한 놈들."

"너무 확실하게 기억이 났다는 티를 내시면 안 돼요. 왠지는 모르겠는데 이상하게 그 물건이 사고 싶다는 정도가 좋아요."

"그래, 그래. 그렇게 할게. 혹시 뭐 더 할 건 없니? 필요하면 같이 일하는 사람들도 데리고 올 수 있어."

"아주머니! 그건 너무 위험해요! 혹시 우리에 대해서도 말씀하셨어요?"

내가 깜짝 놀라며 묻자 아주머니는 걱정 말라는 듯이 손을 저으며 나를 안심시켰다.

"얘가 나를 뭘로 보고. 눈치 하나는 끝내주니까 걱정 마. 아무것도 말 안 했어. 너는 모르겠지만, 우리 일하는 사람들은 다들 세상이 좀 잘못되어 있다는 걸 알고 있어. 왜 모르겠니. 제일 앞에서 바람 맞으며 겪고 있는데. 어떻게 할 방법이 없으니까 그냥 묵묵히 참고 일하는 거야. 뭘 하면 될지 누가 알려 주기만 하면 몇 명이 뭐니? 아마 전부 다 듣고 일어날지도 몰라."

"아직은 아니에요. 일단 민준이부터 찾고요. 아까 부탁 드린 것만 해 주시면 돼요."

"그래, 알았다. 너희도 조심해. 요새 이사장 눈치가 좀 이상하다더라."

"장인철 이사장이요? 이사장을 보셨어요?"

"그럼. 왜 못 보니. 그 방 청소하는 동생은 매일 보지."

나는 지금까지 이사장을 직접 본 적이 한 번도 없다. 주변에서 봤다는 이야기를 들어본 적도 없다. 교내 방송이나 칩에 든 정보를 통해서 본 기억만 있다. 이걸 이상하게 생각하는 사람은 아무도 없다. 아니, 아예 이걸 생각하는 학생 자체가 없을 것이다.

아주머니의 말에 따르면 이사장은 학교 안에 있는 이사장실에 거의 매일 출근을 한다. 우리는 이사장실이 어디에 있는지도 모른다. 대략적인 위치를 알아도 미로처럼 생긴 건물 제일 안쪽에 있어서 쉽게 찾아갈 수는 없다고 한다. 아무리 그래도 출퇴근을 하는 동안 복도에서 마주칠 수도 있을 텐데, 이사장을 만난 학생이 하나도 없다는 건 이상한 일이다. 심지어 급식실에서 일하는 아주머니도 몇 번인가 이사장을 마주친 적이 있다는데 말이다.

"안 마주치면 좋지, 뭐. 그 인간 구겨진 얼굴을 보면 하루 종일 기분 잡치는데."

"이사장님 인상이 안 좋아요? 가끔 연설하는 영상을 보면 다른 건 몰라도 인상은 참 좋으시던데."

"아이고, 그거 다 조작이야. 실제로 보면 완전 딴판이라니까. 그거 들키기 싫어서 몰래 다니나 보네. 너희 눈에 안 띄게."

정말 그런 이유 때문에 우리 눈에 띄지 않고 싶다면 굳이 몰래 다닐 필요가 없다. 청소하시는 분들이 보이지 않는 것과 똑같이 학생들의 뇌에서 자신이 필터링되도록 소켓을 세팅해 놓기만 하면 그만이다. 아마 분명히 그렇게 했을 것이다.

수많은 사람의 기억과 감각을 조작하는 일을 그렇게 사적인 이유로 마음대로 이용한다면 눈 밖에 난 사람을 쥐도 새도 모르게 납치하여 유령으로 만드는 데도 거리낌이 없을 거다. 어쩌면 우연히 자신의 모습을 봤다는 이유로 삭제해 버릴지도 모른다. 학생 중에 유령이 된 사람이 과연 양민준이 처음일까? 그렇게 생각하니 새삼 오싹해졌다. 거기까지는 생각하지 않은 것인지 아니면 정말로 겁이 없는 것인지, 소희는 아랑곳 않고 이사장에 대해 캐물었다.

"그런데 눈치가 이상하다는 건 뭐예요? 무슨 일이 있었어요?"

"기분이 별로 좋지 않은 거 같더라고. 전화 통화하는 걸 청소하다가 우연히 들었는데, 서혜나에 대해 뭐라고 했다가 누구한테 혼나는 거 같더래. 전화를 끊고 나서는 화를 주체 못 하다가 휴대폰을 바닥에 집어 던졌다더라고. 산산조각이 난 휴대폰을 보고 그 동생이 깜짝 놀라서 어찌할 바를 모르다가⋯⋯. 우리는 이사장한테 함부로 말 걸면 안 되거든. 치워야 하나 어째야 하나 그러고 있는데 이사장이 쿵쿵거리며 밖으로 나가 버려서 그냥 쓸어 담아 가지고 왔다는 거야."

"서혜나? 혜나 얘기를 했다고요? 누구랑요?"

"모르지. 그런데 너희 이거 어디 가서 떠들고 다니면 안 된다. 소문나면 그 동생이 아주 곤란해지니까."

아주머니가 말해 준 건 거기까지였다. 이사장을 혼낼 만한 사람은 서주미 대표밖에 없다. 혜나를 의심하는 말을 했다가 면박을 당한 게 아닐까? 만일 이사장이 무언가 눈치챘다면 혜나뿐 아니라 우리도 위험하다. 아니, 우리만 위험하다. 그 이야기를 했더니 혜나는 조금 고민하다가 이렇게 대답했다.

"아주 나쁜 소식은 아냐. 일단은 이사장이 엄마를 설득하는 데 실패한 거 같으니까. 오히려 이사장이 함부로 너희를 건드릴 수 없는 이유가 될 수도 있어. 그랬다간 엄마가 나를 노린 걸로 여기고 가만히 있지 않을 테니 말야. 하지만 확실한 증거를 잡는다면 얘기가 달라지겠지. 아무쪼록 조심해야 해. 혹시 엄마 쪽에서 무슨 낌새가 있지는 않은지 나도 잘 살필게."

4

계획은 순조롭게 진행되었다. 유령이 찾아오는 날은 펌웨어 업데이트 직전인 일요일 밤일 것이다. 우리가 아주머니를 만난 건 금요일이다. 아주머니는 주말 동안 상가에 들러 양민준이 떠오를 만한 물건을 샀다. 그리고 나와 소희는 일요일 저녁에 37구역에 있는 양민준의 집 근처에 숨어서 지나다니는 사람들을 살폈다.

학교에 학생과 선생님만 있는 게 아니라는 사실을 깨달은 이후로 나는 종종 학교 밖에서도 그 동안 못 보던 것들을 보게 되었다. 심심치 않게 지나다녔던 공사 현장에서는 건설 노동자들이 일하고 있었다. 쓰레기를 수거하고 재활용품을 분류하는 사람도 있었다. 마트의 매대에 상품을 진열하고 정리하는 사람도 있었다. 트럭에서 물건들을 싣고 내리며 집 앞까지 가져다 놓는 사람도 있었다. 수많은 사람이 세상을 움직이고 있었다. 전에는 보이지 않던 그 모습들이 이제 조금씩 보이기 시작했다. 세상을 움직이는 게 나와 똑같은 사람들이라는 게 보였다. 그리고 나 역시 언젠가는 저 사람들처럼 보이지 않는 사람이 되리라는 생각이 들었다.

우리 눈에 보이는 세상은 평화롭고 평온하다. 그렇지 않은 모든 것이 보이지 않으니까. 눈이 보아도 뇌가 보지 못하고 그냥 지나치니까. 학교 다니는 내내 뉴럴 소켓을 통해 시냅스 칩에 담긴 잘 정돈된 세상만 보는 연습을 했다. 그래서 화려하고 깔끔하게 단장된 세상만 보고, 세상을 그토록 번쩍이게 닦아 내는 사람들의 손은 보지 못했다. 그 세상을 극소수의 사람들만 누리는 것도 당연하게 생각했다. 그걸 실제로 만들어 내는 수많은 사람을 분리해 버렸으니, 마치 극소수의 사람들이 그들만의 힘으로 그렇게 멋진 걸 만들어 내는 것처럼 보였던 것이다.

"세상이, 생각하던 것보다 별로 안 좋은 곳인 것 같아."

골목 담벼락이 드리우는 그림자 안에 숨어서 양민준이 살던 다세대 빌라를 지켜보다가 혼잣말처럼 작게 속삭였다. 그걸 들은 소희가 코웃음을 치며 말했다.

"그걸 이제 알았냐, 이 모범생아. 역시 혁명밖에는 답이 없다니까."

"소희 넌 알고 있었어? 저렇게 많은 사람이 안 보이는 곳에서 일하고 있다는 걸?"

소희는 안경에 손가락을 올리더니 눈을 감고 잠시 생각에 잠겼다. 한동안 그러고 있다가 조용히 눈을 뜨며 대답했다.

"세상 사람들의 얼굴을 전부 기억한다는 게 어떤 의미인지 알아?"

"글쎄, 상상이 잘 안 가는데."

"맞아. 일단 사람의 수가 상상이 가지 않을 정도로 많다는 걸 알게 돼. 오천만이라는 숫자가 얼마나 큰 건지 사람들은 실감을 못 한다니까. 진짜 세상은 우리가 보는 평화롭고 평온한 세상보다 훨씬 더 넓다는 걸 느낄 수밖에 없어. 설명은 못 해도, 그냥 딱 감이 온다니까."

"그럴 수도 있겠네."

"게다가 사람들의 얼굴이 생각보다 예쁘지 않다는 걸 알게 돼. 방송에서 보는 깔끔하고 정돈된 얼굴보다 그렇지 않은 얼굴이 훨씬 많아. 우리가 생각하는 것보다 훨씬 더 많은 얼굴이 있어. 그리고 그 얼굴 하나하나가, 뭐라고 해야 하나, 살아 있다는 느낌이 들어. 그걸 알고 나면 다들 인정하는 예쁜 얼굴은, 음, 좀 식상하달까? 아니, 이렇게 말하면 안 되지. 그냥 그 얼굴도 하나의 얼굴로 보여. 하나의 살아 있는 얼굴."

누구나 알고 있는 상식도 모르고 시험은 당연하다는 듯이 빵점을 맞는 소희가 오늘은 왠지 달라 보였다. 적어도 얼굴 이야기를 할 때의 소희는 누구보다도 똑똑하고 현명했다. 내가 감탄했다는 표정을 짓자 소희는 만족스러운지 동그란 얼굴 가득 미소를 띠며 내 등을 팡팡 쳤다.

"너무 감탄하지 마. 부끄럽잖아. 하핫."

"아! 아파. 좀 살살. 근데 감탄하긴 했어."

"그럼 오늘부터 너도 혁명에 동참하는 동지라고 생각해도 되겠지? 세상을 뒤집을 그날까지!"

"그런 말까지는 안 했거든. 그런데 저 사람……."

"어디? 누구?"

오토바이 한 대가 양민준의 집 앞에 멈춰 섰다. 택배 회사 유니폼을 입은 사람이 헬멧을 벗어 오토바이에 걸고는 뒤에 달린 배달통에서 종이 상자 하나를 꺼냈다. 택배 기사도 평소에는 보이지 않는 사람들 중 하나다. 내가 그 사람을 손가락으로 가리키자 소희가 미간을 찌푸리며 집중했다.

"아! 그래, 보인다. 그런데 뒤통수만 보여. 얼굴을 봐야 하는데."

그 사람은 상자를 들고는 빌라 현관의 도어 록에 카드 키를 터치하고 들어갔다. 생각해 보면 현관 내부의 물품 보관함까지 물건을 배달하려면 당연히 현관의 도어 록도 열 수 있어야 한다. 예전에는 물건이 어떻게 배달되는지 생각해 본 적이 없으니 택배 기사에게 현관 마스터키가 있어야 한다는 생각도 하지 못했다. 아직까지는 평범한 택배 기사와 다를 바 없어 보였다.

"얼굴을 못 봤네. 넌 봤어?"

"헬멧 벗을 때 잠깐. 유령 같아 보이지는 않았는데."

"유령이 이마에 유령이라고 써 붙였겠냐? 이따 저 사람 나올 때 꼭 말해 줘."

택배 배달이라기엔 시간이 좀 오래 걸렸다. 5분쯤 지나 센서 등에 불이 켜지며 현관문이 열렸다. 그 사람은 손에 들고 들어갔던 종이 상자를 그대로 들고 있었다.

"나왔다! 어? 근데 좀⋯⋯."

"나도 봤어. 얼굴이, 음⋯⋯."

소희는 안경에 손가락을 올리고는 정신을 집중했다. 기사가 헬멧을 다시 뒤집어 쓸 때 소희가 작게 속삭였다.

"없어! 명단에 없어! 유령이야!"

부르릉 시동이 걸리며 오토바이가 출발했다. 오토바이는 우리가 숨어 있던 갈림길 옆을 지나 대로 방향으로 멀어졌다. 내가 다급하게 외쳤다

"번호판! 오토바이 번호판 봤어?"

"봤어! 보긴 봤는데 번호를 못 읽겠던데? 뭐지?"

"나도 못 읽었어. 번호가 아닌가?"

그렇게 중얼거리자 소희가 내 등을 팡 치며 구박했다.

"바보야! 번호판에 적힌 게 번호가 아니면 그게 번호판이냐?"

"아니, 그냥 갑자기 그런 느낌이 들어서."

"아무리 그래도…… 잠깐, 번호가 아니라고? 아! 그래, 잠시만."

멀어지는 오토바이를 바라보며 소희가 무언가를 떠올리려는 듯 다시 한번 안경에 손을 올리고 집중했다. 오토바이가 시야에서 사라지자 소희가 나를 툭 치며 말했다.

"너, 펜하고 수첩 가지고 다니지? 내놔 봐."

기억이 삭제될 수도 있다는 사실을 알게 된 이후로 나는 수첩을 가지고 다니며 수시로 메모하는 습관을 들였다. 펜과 수첩을 꺼내 주자 소희는 무언가를 그리기 시작했다. 숫자도 아니고 도형도 아닌 무언가였다.

"이게 뭐야? 뭘 그린 거야?"

"번호판! 분명 이런 모양이었는데 왜 그려 놓고 보니까 아닌 거 같지? 걱정하지 마. 머릿속에는 사진으로 찍어 놓은 것처럼 확실히 들어 있으니까. 그런데, 하, 이놈의 저주받은 손!"

소희는 자신이 기억하는 모양을 정확하게 그려 내는 데 끝내 실패했다. 하지만 소희가 반복해서 그리는 모양에서 무언가를 알 수 있었다. 번호판에 적힌 건 숫자가 아니었다. 언뜻 보면 숫자로 보이지만, 숫자로는 읽을 수 없는 무늬였다. 소희의 설명을 들은 민중이는 키보드를 두드리더니 비슷한 패턴 몇 개를 생성해 냈다. 그 일을 몇 번 반복하던 중 소희가 손뼉을 치며 소리를 질렀다.

"맞아! 저거야! 똑같아!"

소희가 처음 그렸던 무늬와는 조금도 비슷하지 않은 패턴이었다. 첫 번째 무늬는 7을 뒤집어 놓은 것 같았고 두 번째 무늬는 다리가 하나 없는 대문자 A였다. 그걸 본 혜나가 말했다.

"택배 기사라. 유령이 위장하기 딱 좋은 직업이네. 오토바이는 당연히 등록되어 있지 않을 거라고 생각했지만 이 번호판은 너무 노골적인데."

"이렇게 해도 아무도 알아보지 못할 테니까. 숫자가 아니라는 생각 자체를 못 할 거야. 게다가 진짜 숫자로 적어 놓으면 그 숫자를 정확히 기억하는 사람이 나올 수 있지만, 이렇게 적어 놓으면 나중에 떠올리려고 할 때 제대로 기억나지 않을 테니까 번호를 아무도 기억하지 못하게 만들 수 있지. 아주 교묘한 방법이야."

민중이의 설명을 듣고 혜나가 고개를 끄덕였다. 그러고는 손가락을 탁 튕기며 말했다.

"자! 이건 엄청난 단서야. 유령 하나를 찾아낸 게 아니라 유령들이 타고 다니는 오토바이 전체를 찾아낸 거나 다름없으니까. 오토바이뿐 아니라 차에도 저런 번호판이 붙어 있을지도 몰라. 유수현! 아주 잘했어."

"뭐야? 번호판을 외운 건 나라고!"

"당연히 백소희 네 공도 커. 하지만 저 사람들이 저렇게 노골적인 번호판을 달고 다닐 수 있는 이유는 분명해. 번호판에 번호가 아닌 다른 게 쓰여 있을 거란 생각을 아무도 못 하니까. 콜럼버스의 달걀 같은 거야. 일단 하고 나면 쉬워 보이지만 하기 전에는 아무도 그런 발상을 떠올리지 못하지. 이제는 모든 사람이 그렇게 되어 버렸어. 소켓 때문에. 컴퓨터처럼 정확한 기억력을 얻었지만 컴퓨터처럼 시키지 않은 일은 못 하게 되어 버린 거야. 유수현만 예외지. 앞으로 수현이의 능력이 점점 더 중요해질 거야."

소희가 뾰로통하게 입을 내밀었다. 나는 기쁘기보다는 어리둥절했다. 나한테만 그런 특별한 능력이 있다는 게 좀 어색했다. 혜나의 계획에서 내가 그렇게 중요한 부분을 차지한다는 게 어딘가 앞뒤가 맞지 않는다는 느낌이 들었다.

5

번호가 아닌 번호판을 달고 다니는 차와 오토바이 들은 생각보다 자주 보였다. 나에겐 소희처럼 번호판 전체를 하나의 그림으로 외우는 능력은 없었다. 그래서 내가 번호가 아닌 번호판을 발견하면 소희가 그 모양을 외우고, 민중이의 도움을 받아 정확한 패턴으로 완성하는 일을 반복했다. 어느 정도 데이터가 쌓이자 민중이는 패턴을 열 가지로 분류했다.

"아마도 각각의 패턴이 서로 다른 숫자와 대응되지 않을까 싶어. 다시 말해서 이 번호판은 비밀 문자로 쓰인 번호판이라는 거지. 유령을 움직이는 사람들도 자기 조직을 관리할 방법이 필요할 테니까."

"그리고 어딘가에는 유령들의 정보를 저장한 서버가 있겠지. 기존의 망과는 완전히 분리된 서버 말야. '림보'라고 부르는 게 어떨까? 그 서버가 있는 곳."

그렇게 말하며 혜나는 눈을 반짝 빛냈다. 혜나의 감정이 드러나는 몇 안 되는 순간이었다. 소희나 민중이가 혜나가 붙인 이름을 순순히 받아 주는 이유를 알 것 같았다. 소희가 머리를 긁으며 물었다.

"이름 좋네, 림보. 근데 림보가 뭔데?"

림보는 라틴어로 '변방' 혹은 '경계'라는 뜻으로, 기독교 신학에서는 예수를 미처 알지 못하고 원죄를 지닌 채 죽은 영혼이 가는 곳이다, 우리말로는 고성소라고도 한다 등등의 정보가 소희는 바로 떠오르지 않는다. 내가 간단히 대답했다.

"유령들이 가는 곳이야. 딱 어울리네."

"그렇지? 좋아. 유령들이 타고 다니는 차들을 조사하다 보면 림보의 위치도 알아낼 수 있을 거야. 어쩌면 거기에 운석 충돌 때 삭제된 기억들이 모두 보관되어 있을지도 모르지. 아니, 분명히 그럴 거야."

"양민준을 구하는 게 최우선 목표라는 걸 잊지 마."

소희가 지적하자 손으로 턱을 괴고 무언가를 골똘히 생각하던 혜나가 작게 고개를 끄덕이며 대답했다.

"알고 있어. 거기 양민준의 정보도 들어 있을 테니까. 일단 수현이와 소희는 비밀 문자로 쓰인 번호판을 찾아내는 일을 계속해. 정보가 모이면 민중이가 분석해서 림보의 위치를 좁혀 갈 수 있을 거야. 그동안 나는, 음……."

"넌 뭘 할 건데?"

"나는 그 비밀 문자에 붙일 이름을 좀 고민해 봐야겠어. 아무래도 '비밀'이라는 단어를 자꾸 말하고 다니면 의심받을 수도 있으니까."

패턴을 그렇게 열심히 분석하면서도 민중이는 여전히 비밀 문자 번호판을 알아보지 못했다. 저게 그 번호판이라고 알려 줘도 자기 눈에는 그냥 평범한 숫자로 보인다고 했다. 그러다가 한두 시간 지난 뒤 다시 그 번호판을 보면 똑같은 번호판이 다른 숫자로 보였다. 다른 사람들의 눈에도 마찬가지일 것이다. 그러니 번호판이 이상하다는 걸 아무도 눈치채지 못할 수밖에 없었다.

나와 소희는 열심히 돌아다니며 도시 곳곳에서 비밀 문자 번호판이 달린 차와 오토바이를 발견했다. 대부분은 주차된 상태였다. 어딘가에 몰려 있다거나 토끼 굴처럼 눈에 띄지 않는 이상한 곳으로 들어가는 것은 보지 못했다. 단서는 뜻밖의 장소에서, 아니, 사람에게서 발견되었다.

"어이! 수현소희! 뭘 그렇게 빤히 보고 있어?"

장근형은 언젠가부터 우리를 수현소희라고 불렀다. 요즘 장근형과 마주칠 때마다 항상 둘이 함께였으니 할 말이 없다. 그 애 뒤를 따라 오는 건 여전히 구한서 혼자였다. 장근형은 양민준이 사라졌다는 걸 전혀 눈치채지 못했다. 구한서도 마찬가지였다.

"보긴 뭘 봐. 그냥 지나가는 중인데."

"그냥 지나가긴. 내 차를 유심히 살펴보는 걸 분명히 봤는데."

"아니라니까…… 잠깐, 이게 장근형 네 차라고?"

"그런 셈이지. 하하하."

장근형은 그렇게 말하며 멋쩍게 웃었다. 내가 계속 미심쩍은 눈으로 바라보자 차를 한 손으로 짚고 머리를 긁었다.

"그냥 잠깐 빌린 거야, 아빠한테. 타지도 않는 차를 수십 대나 세워 놓고만 있으니까 아깝잖아. 안 그래?"

"이런 차가 수십 대나 있다고?"

장인철 이사장이 차를 수십 대 가지고 있는 게 이상한 일은 아니다. 내가 놀란 건 비밀 문자 번호판이 달린 차를 이사장이 수십 대나 가지고 있을지도 모른다는 사실 때문이었다. 비밀 문자 번호판에 대해 알 리 없는 장근형은 내 말을 다른 의미로 받아들였다.

"낭비지. 아무리 돈이 많다고 해도 그렇게 쓰면 안 되는 거지.

그래선지 나한테도 비밀로 하고 몰래 세워 두시더라고. 너네 이거 절대로 소문내면 안 된다. 대신에 한 번 태워 줄게."

"어, 그게……."

내가 잠시 망설이자 장근형은 웃으며 내 어깨를 툭 쳤다.

"괜찮아. 내가 이걸 끌고 나와서 너네도 태워 주고 하면 그게 또 부의 재분배 아니겠냐. 너네가 이런 차 언제 타 보겠어? 내가 아빠 차를 끌고 나오는 데는 그런 이유도 있는 거라고."

"그래! 나 이런 차 꼭 한번 타 보고 싶었거든. 고마워!"

어이없어 하는 나를 두고 소희가 불쑥 나섰다. 그러자 장근형의 얼굴이 확 밝아졌다.

"그렇지? 하하, 역시. 야, 너네 둘 진짜 잘 어울린다. 수현이 너 복 받은 줄 알아. 타. 마침 그룹 드라이브 가려는 중이었어."

"그룹 드라이브?"

"이런 고급 차…… 아니, 그러니까 성능이 좀 유별난 차를 수동으로 모는 모임이 있거든. 자동 주행하는 차들 사이를 헤치며 수십 대의 차가 물새 떼처럼 달리는 맛이 끝내줘. 참고로 내가 리더거든. 혹시 오해할까 봐 말해 두는데, 실력으로 뽑힌 거야."

"잠깐만, 차를 수동으로 몬다고? 근형이 네가 직접?"

내가 깜짝 놀라 물었다. 목적지를 입력하면 자동으로 데려다주니 차를 수동으로 몰 일은 없다. 심지어 아예 핸들이 없는 차도 있다. 차를 수동으로 몰려면 별도로 면허를 따야 한다. 나이 제한은 없지만, 고등학생이 운전면허를 땄다는 말은 처음 들어 봤다.

물론 주행 보조 시스템이 있으니 수동으로 운전을 하더라도 사고가 나지는 않을 거다. 아무리 그래도 그렇게 빨리 달리는 차의 방향을 직접 핸들을 돌리며 바꾼다는 게 나로서는 엄두가 나지 않았다. 내 말을 칭찬으로 들었는지 장근형은 입꼬리를 쓱 올리며 조금 쑥스럽다는 표정까지 지었다.

"뭘 그렇게까지 놀라냐, 사람 민망하게. 너희도 연습하면 할 수 있어. 가르쳐 줄까?"

"아니. 어차피 차도 없고."

"뭐야, 반응이 왜 그래? 너 혹시 내 운전 실력을 못 믿는 거야?"

내가 머뭇거리자 장근형이 실망한 듯 눈썹을 찌푸렸다. 그러자 소희가 툭 튀어나오며 방방 뛰었다.

"아니? 나 너무 타고 싶은데? 태워 줘! 태워 줘!"

장근형의 입꼬리가 아까보다 더 치켜 올라갔다. 장근형은 구한서에게 뭐라고 속삭이더니 그 애를 보내고 혼자 차에 탔다. 그 뒤를 따라 탄 소희가 내 손을 꼭 잡고는 나를 차 안으로 끌고 들어갔다. 장근형이 앞 좌석의 패널에 무언가를 입력하자 띠링 소리와 함께 시스템이 켜졌다.

"이거, 생체 인증 없이도 움직이게 만들어져 있더라고. 하여튼 아빠도 별나다니까. 전에 김 비서님이 나를 급히 데려다줄 때 이 차를 쓴 적이 있는데 그때 봐 뒀지."

유령이 타야 하니까 생체 인증을 쓸 수 없겠지. 장근형이 경로를 입력하자 차가 서서히 움직이기 시작했다. 가속을 제대로 느끼지도 못했는데 어느새 창밖의 풍경이 바람처럼 스쳐 지나가고 있었다. 차는 순식간에 6구역을 벗어나 시내로 들어섰다. 장근형이 차를 수동 모드로 돌리더니 핸들 위에 손을 얹었다. 그러자 속도가 더 빨라지며 몸이 뒤로 쏠렸다. 나는 혹시나 안전벨트가 풀리진 않았는지 두 번 세 번 확인하며 안전벨트를 꼭 쥐었다.

언제 연락을 받았는지, 장근형의 차 뒤로 한두 대씩 다른 차들이 따라붙더니 어느새 수십 대가 일렬로 늘어선 모습이 되었다. 차들은 미리 신호를 약속해 두었는지 음악을 연주하듯 순서대로 경적을 울렸다. 말이 그룹 드라이브지, 쉽게 말하면 그냥 폭주족이었다. 장근형의 차는 6구역을 둘러싸고 있는 산들 바깥쪽으로 한 바퀴 크게 돌고는 다시 6구역으로 돌아와서 아까 주차했던 자리에 멈춰 섰다.

"어때? 끝내주지?"

"너무 좋아! 근데 벌써 끝이야?"

"어. 이제 가져다 둬야 해. 아빠 들어오실 시간 다 됐거든."

"아……, 나 더 타고 싶은데."

소희가 동그란 눈을 더 동그랗게 뜨며 장근형을 졸랐다. 장근형은 난감해하며 소희를 달랬다.

"다음에 태워 줄게. 약속! 이제 진짜 가야 해."

"그럼 주차장 들어가기 전까지만이라도 태워 주면 안 돼? 거기가 어디든 내려 주면 돌아오는 건 알아서 할게. 응? 제발!"

"아, 안 되는데……."

소희의 속셈을 알 것 같았다. 장근형이 어쩔 수 없다는 듯이 경로를 입력하자 소희가 나를 보며 눈을 찡긋했다. 그런 줄도 모르고 장근형은 헛기침을 하며 내게 말했다.

"너희니까 특별히 부탁 들어주는 거야. 내가 유수현 널 좀 좋아하잖냐. 알지? 하하하."

6

차는 다시 6구역을 빠져나가 북쪽의 12구역으로 이어지는 터널로 향했다. 12구역은 부유층이 모여 사는 곳으로, 낙유산 한가운데를 관통해 6구역과 이어지는 이 터널은 말도 안 되는 이용료를 내야 하는 유료 터널이다. 당연히 보통 사람들은 이용하지 않는다. 도시의 어떤 구역에도 강제적인 통행 제한이 걸려 있진 않지만, 이처럼 부자와 가난한 사람은 자연스럽게 생활 공간이 분리되도록 설계되어 있다. 그래서 12구역을 사는 사람이 아니라면 12구역을 평생 단 한 번도 지나갈 일이 없다. 다시 말해 나에게 12구역은 도시에 없는 거나 마찬가지다. 반대로 장근형에게는

37구역이 존재하지 않는 곳이다.

하지만 장근형은 도시가 그런 식으로 분리되어 있다는 생각을 하지 못한다. 장근형뿐만 아니라 37구역에 사는 사람들도 마찬가지다. 굳이 기억을 더듬으면 도시에 12구역이 존재하고 거기에 부자들이 살고 있다는 사실을 떠올릴 수는 있겠지만, 평소에 그런 생각을 할 일도 없고 그곳을 궁금해하거나 가 보고 싶다는 욕구조차 생기지 않는다. 모두가 자신이 사는 곳에 만족한다. 그렇게 도시는 평화롭고 평온하다.

그래서 지금 장근형은 나와 소희를 12구역에 내려 주려고 하면서도 그게 이상하다거나 어색하다고는 전혀 느끼지 못한다. 아마우리가 12구역에 처음 들어와 봤다고도 생각하지 못할 거다. 온도시를 돌아다니며 비밀 문자 번호판을 조사하면서도 12구역에는 들어오지 못했다. 그러는 것만으로도 유령을 움직이는 사람들은 우리를 수상하게 여길 테니까.

"여기서 내려 줘야 할 거 같은데 돌아갈 수 있겠어? 택시비 줄까?"

장근형이 차를 멈춘 대로변 근처에는 주차장 같은 건 보이지 않았다. 빌딩들이 늘어서 있는 걸로 보아 12구역 내의 상업 지역인 모양이다. 나름 택시를 잡기 쉬운 곳에 세워 준 걸지도 모른다. 더 떼를 쓰기는 무리였다.

"아냐, 괜찮아. 오늘 정말 즐거웠어!"

차에서 내린 우리는 택시를 잡는 척하며 장근형의 차가 멀어지는 방향을 유심히 살폈다. 저 멀리 교차로에서 우회전을 한 걸 확인하고는 얼른 그쪽으로 달렸다. 헉헉거리며 교차로 모퉁이를 돌았지만 장근형의 차는 이미 사라지고 없었다. 나는 숨을 고르며 소희에게 물었다.

"어떻게 하지? 놓친 것 같은데."

"어떻게 하긴. 기다려 봐야지."

"근형이를?"

"아니, 어떤 차든. 비밀 문자 번호판을 단 차가 지나가길 기다려야지. 차가 많았다잖아. 만일 그곳이 비밀 차량들이 대기하는 곳이라면 드나드는 차가 근형이 차 하나는 아닐 거 아냐."

"좀 위험하지 않을까? 12구역에 너무 오래 있으면 의심받을 거야."

"길을 잃었다고 하지, 뭐. 지금이 아니면 언제 12구역을 조사해 보겠어?"

그건 그랬다. 그래도 위험하기는 했다. 일단 12구역에는 걸어 다니는 사람 자체가 거의 없었다. 차들만 잘 닦인 도로를 쌩쌩 달렸다. 그래서 우리는 눈에 잘 띄지 않는 건물 틈새로 들어가 거리를 내다보기로 했다. 틈새는 몸은 숨길 수 있었지만 시야가 너무 좁았다. 번호판이 보인다 싶으면 차는 곧 사라졌다. 차가 지나갈 때마다 정신을 집중하다 보니 머리가 띵해졌다. 그러다 겨우 유령의 차를 발견하면 고개를 빼꼼 내밀고 어느 길로 꺾는지 확인했다. 그렇게 수십 번을 반복하는 사이 지평선 근처로 내려온 해가 도시를 붉게 물들였다. 노을은 6구역이나 37구역이나 12구역이나 똑같이 아름다웠다.

"더 이상은 무리야. 이제 돌아가야 할 것 같아. 이 정도로 목표 지점을 좁혀 놓았으니 민중이가 뭔가 알아낼지도 몰라."

내가 말하자 소희도 고개를 끄덕였다. 지도로 확인해 보니 우리가 있는 곳은 낙유산의 북쪽 기슭 근처였다. 여기서 택시를 잡는 것보다는 차라리 동쪽의 19구역으로 넘어가는 편이 나을 것 같아서 기슭을 따라 조금 걷기로 했다. 가다 보니 오른쪽에 우리가 지나온 터널이 보였다. 그래서 그쪽을 가리키며 말했다.

"저 터널을 통과하면 바로 6구역 아니야? 걸어가는 건 통행료를 안 받을 텐데."

"무슨 터널?"

소희가 눈 위에 손을 올리고는 내가 가리킨 쪽을 두리번거렸다. 벌써 하늘이 어둑어둑해져서 잘 안 보이는 모양이었다. 소희가 말했다.

"터널이 어디 있다 그래?"

"저기 안 보여? 저기…… 어?"

다시 돌아보니 터널이 보이지 않았다. 내가 터널로 들어가는 길이라고 생각했던 곳은 철조망으로 막혀 있었고 그 뒤편은 가파른 절벽이었다.

"분명히 봤는데? 본 거 같은데……."

지나다니는 차도 없는 한적한 길이었다. 건물도 표지판도 없어서 내가 길의 어디쯤 서 있는지 알 길이 없었다. 대충 짐작으로 터널로 보였던 위치까지 가 보았지만 눈앞에 버티고 서 있는 건 여전히 철조망이었다. 문득 민중이가 토끼 굴 입구를 찾는 방법을 들은 기억이 났다. 숨겨진 것들을 전혀 보지 못하는 민중이는 입구의 위치를 걸음 수로 외웠다고 했다. 그전에는 손으로 일일이 두드려 보며 확인했고.

"여기가 맞는 거 같긴 한데……."

"확실해? 아무리 봐도 그냥 철조망으로밖에 안 보여."

"중요한 곳이니 확실하게 숨겨 놓았겠지. 나는 소켓 덕분에 잠깐 볼 수 있었던 거고."

"지금은 안 보여? 그 기능은 언제 발동되는 거야?"

"나도 몰라. 무작정 기다릴 수도 없고 말야."

철조망을 향해 천천히 손을 내밀어 보았다. 천사의 끝 부분이 손에 닿자 차가운 느낌이 전해졌다. 민중이는 눈에만 입구가 보이지 않는 게 아니라 손으로 만져도 막힌 느낌이 든다고 했다. 주먹을 꽂아 넣는 정도는 되어야 입구가 드러난다고. 조금 힘을 주어 철조망을 밀어 보았지만 밀리지 않았다. 정말 막혀 있어서 안 밀리는 건지 내 팔이 뻗어지기를 거부하는 건지 알 수 없었다. 할 수 없이 나는 웃옷을 벗어 주먹에 둘둘 감았다.

"괜찮겠어?"

소희가 걱정스러운 눈으로 물었다. 나는 억지로 웃으며 뾰족한 가시가 촘촘히 박힌 철조망을 노려보았다. 내가 아까 터널을 본 위치가 분명히 여기였는지, 아니, 그 전에 뭔가를 본 건 확실한지 다시 한번 생각해 보았다. 확실한 건 아무것도 없었다. 나는 가볍게 심호흡을 하고는 이를 악물고 철조망을 향해 최대한 강하게 주먹을 꽂아 넣었다. 머릿속의 고정 관념 정도로는 팔이 멈춰지지 않도록.

"아! 아야야!"

철렁! 주먹이 철조망에 꽂혔다. 옷을 몇 번 감았는데도 날카로운 철사가 뚫고 들어와 살이 조금 찢겼다. 새빨간 피가 배어 나왔다. 소희가 내 손을 붙잡고는 고개를 저었다.

"피까지 나는 거 보니까 철조망 맞아. 안 되겠다. 여기까지 하고 다음에 애들이랑 같이 와 보자."

"지금 돌아가면 다시 못 찾을 거 같아. 분명히 이 근처였는데. 조금 옆이었나?"

몇 걸음 옆으로 걸어가 다시 주먹에 옷을 감았다. 소희는 나를 걱정스럽게 바라보면서도 말리지는 못했다. 다시 한번 주먹을 날렸지만 역시 철조망이었다. 그래도 이번에는 옷을 두툼하게 감아서 옷만 찢기고 손은 다치지 않았다. 그렇게 몇 번을 반복했지만 여전히 입구는 찾을 수 없었다.

"딱 한 번만 더 해 보고, 그래도 못 찾으면 돌아가자."

분명히 이쯤이었는데. 나는 아까 스쳐 지나갔던 터널의 모습을 최대한 선명하게 되새기려 애썼다. 그러고는 앞을 바라보았다. 눈에 보이는 모습은 여전히 철조망이었지만 그곳이 열린 길이고 그 길을 따라가면 터널이 나올 거라고 믿었다. 너덜너덜해진 옷을 손에 감은 뒤 온 힘을 다해 주먹을 내질렀다. 이번에는 느낌이 조금 달랐다.

주먹이 철조망을 관통했다. 철조망이 뚫린 건 아니었다. 내 주먹은 철조망을 그냥 지나가 저쪽 편에 있었다. 제대로 본 게 맞는지 확인하려는데 옆에서 기합 소리가 들렸다.

"이야아압!"

소희가 웃옷을 머리에 뒤집어쓰고 이쪽을 향해 달려 오고 있었다. 내가 말릴 새도 없이 소희는 그대로 철조망에 몸을 던졌다. 그러고는 보기 좋게 철조망을 관통해 건너편으로 떨어져 데굴데굴 굴렀다. 그 자리에서 벌떡 일어난 소희가 방방 뛰며 외쳤다.

"찾았어! 유수현! 찾았다고!"

소희의 모습 주변부터 서서히 철조망이 사라져 갔다. 이제 내 눈에는 소희가 서 있는 곳으로 이어진 길이 똑똑히 보였다. 그 길은 곧장 뻗어져 나가 우리가 지나왔던 터널과 똑같이 생긴, 하지만 분명히 다른 터널로 이어졌다.

림보와 룬 문자

1

"역시 너희가 해낼 줄 알았어. 수고했어."

혜나의 목소리는 너무 담담해서 왠지 우리를 믿었다기보다는 일어날 일을 미리 내다보고 있었다는 뜻으로 들렸다. 장근형을 만나 12구역에 있는 유령들의 근거지를 발견하기까지가 나와 소희에게는 놀라운 우연의 연속이었는데, 혜나에게는 꼭 그렇지만은 않은 모양이었다.

"장인철 이사장이 깊게 연관되어 있을 거라고 내가 말했지? 이 사건의 배후를 따라가다 보면 결국엔 디바인을 창립한 세 명에게 닿게 돼. 디바인의 첫 번째 대표이자 현재는 일상 재단의 이사장인 장인철, 현 대표인 서주미 그리고 뉴럴 소켓 개발을 실질적으로 주도했지만 신원은 알려지지 않은 핵심 개발자. 그러니 장인철의 아들인 장근형이 단서를 쥐고 있었던 건 우연이 아니지. 물론 그 기회를 이렇게 빨리 잡은 건 전부 너희 덕분이야."

그렇게 말하는 혜나의 목소리에는 여전히 감정이 실려 있지 않았다. 정작 혜나보다 더 기뻐한 건 민중이었다. 민중이는 모니터 뒤에서 나오지도 않고 무언가를 쉴 새 없이 두드리며 목소리를 높였다.

"게다가 유령들의 차에 생체 인식이 필요 없다는 걸 알게 된 것도 큰 소득이야. 그 부분만 빼면 나머지는 전부 내가 해결할 수 있으니까. 정보가 이쪽 네트워크에 있기만 하면 언제든 내가 꺼내 쓸 수 있거든. 유일하게 얻지 못한 게 유령 개개인에 대한 정보였는데, 저쪽의 보안 시스템은 그 정보 없이 돌아간다는 확신이 들었어. 그 대신 나름 철저하게 이중 삼중으로 안전장치를 걸어서 보안을 확보하려고 애썼겠지? 하지만 그런 건 나한테는 소용이 없단 말씀이야."

"바로 들어가겠단 뜻이야? 그 기지에?"

"림. 보."

혜나가 내 말을 끊으며 눈을 반짝 빛냈다.

"그래, 림보. 왠지 일이 너무 술술 풀리는 것 같아서 좀 불안한데."

"무슨 소릴 하는 거야? 술술 풀리면 좋은 거지. 한시라도 빨리 양민준을 구해야 할 거 아냐!"

소희가 눈을 동그랗게 뜨며 소리를 질렀다. 나도 그렇게 생각한다. 하지만 마음 한구석에서 불안한 느낌이 가시지 않았다. 그걸 느꼈는지 혜나가 나를 보며 말했다.

"유수현, 우리의 가장 큰 무기가 뭐라고 생각해?"

"우리의 무기? 글쎄, 서혜나 너?"

"푸하핫!"

나름 진지하게 한 대답이었는데 혜나가 웃음을 터뜨렸다. 혜나가 이렇게 웃는 건 처음 보는 것 같다. 아니, 두 번째였나. 한동안 쿡쿡거리던 혜나가 겨우 입가에서 웃음을 씻어 내고는 다시 담담한 목소리로 돌아왔다.

"우리의 가장 큰 무기는 적의 방심이야. 적은 자신들이 만든 시스템이 너무도 완벽하다고 생각해서 깨질 수 없다고 믿고 있지. 감히 깨뜨리려는 사람이 있을 거란 생각도 안 해. 우리의 존재를 모르니까. 그러니까 이런 허점도 생기는 거고. 하지만 그렇기 때문에 이건 우리에게 단 한 번밖에 없는 기회야. 명심해. 적의 방심, 그 한 번의 기회를 놓쳐선 안 돼. 유수현, 알겠어?"

나는 말없이 고개를 끄덕였다. 어쨌든 지금으로써는 혜나를 믿고 따를 수밖에 없다. 그리고 소희의 결심도 아주 단호해 보였다. 어쩌면 소희를 믿고 따르는 게 더 나을지도 모르겠다. 누구를 믿는 결론은 같다. 그게 뭐든, 내게 주어진 임무를 확실히 수행하면 된다.

혜나가 민중이에게 물었다.

"룬 문자 시스템을 깨뜨릴 준비는 잘돼 가?"

"룬 문자 시스템? 아, 룬 문자."

비밀 문자의 이름을 룬 문자라고 짓기로 했나 보다. 민중이가 얼른 못 알아듣자 혜나가 턱을 괴며 고민에 빠졌다.

"역시 너무 뻔한가? 하지만 형태가 비슷하기도 하고 입에 딱 붙는 이름이 영 안 떠올라서 말야."

"아냐, 아냐. 내가 지금 정신이 없어서 그래. 이름 아주 좋아. 룬 문자. 그걸로 하면 되겠네. 조금만 기다려 줘. 하루? 이틀? 뭐 그 정도면 돼."

민중이가 준비를 끝낸 건 하루가 채 지나지 않은 때였다.

"자! 룬 문자 시스템을 완벽하게 해킹할 준비가 방금 막 끝났다는 소식인데요. 간단히 말하자면, 림보의 모든 네트워크와 디스플레이는 이쪽과는 다른 문자표를 쓰고 있을 거라고 추측하고 있어. 그러니까 알파벳과 아라비아 숫자가 아닌 다른 문자를 쓴다는 거야. 보안성을 높여 보려는 속셈이겠지만, 그래 봐야 문자의 모양을 일대일로 바꾼 정도겠지. 수현소희의 활약으로 숫자 열 개는 알아냈고……."

"잠깐, 언제부터 우리기 수현소희가 된 거지? 왜 민중이 너도 그 말을 쓰는 거야?"

내가 발끈했지만 혜나까지 거들고 나서는 바람에 소용없는 짓이 되어 버렸다.

"나도 수현소희에 한 표. 그건 됐고, 계속해 봐."

"오케이. 알파벳은 알아낼 방법이 없지만 숫자의 대응 패턴으로 봤을 때 예상되는 문자표 십여 가지를 미리 만들어 놨어. 실제 패턴을 발견하면 금방 매칭할 수 있을 거야. 결론만 말하면 림보에 들어가면 내가 저쪽 네트워크에 접속할 수 있다는 뜻."

그 말을 듣고 혜나가 고개를 끄덕였다.

"우리가 입을 옷, 타고 갈 차, 이동할 경로, 다 준비해 놨어. 출발하자."

"지금 당장?"

내가 깜짝 놀라자 혜나가 되물었다.

"왜? 무슨 볼일 있어?"

"아니, 그건 아닌데, 단 한 번의 기회라며. 좀 신중해야 하는 거 아냐?"

"신중해야 할 때는 지금이 아냐. 곧 알게 될 거야."

2

림보로 침입하는 일은 놀라울 정도로 순조로웠다. 먼저 우리 넷은 양민준의 집 앞에서 봤던 택배 기사가 입었던 것과 같은 유니폼으로 갈아입었다. 근처에 주차되어 있는 유령의 차를 발견하는 건 내 몫이었다. 차의 보안 장치는 민중이 앞에서는 무용지물이었다. 12구역의 림보 입구까지 경로를 입력하자 차가 스르륵 움직이기 시작했다.

"유령들은 차나 오토바이를 각자 지급받는 게 아니라 공유해서 쓰고 있을 거야. 그러니 이걸 타고 돌아다니는 건 문제가 안 돼. 제일 어려웠던 림보의 입구를 찾는 문제는 유수현이 풀었고."

내가 전부 푼 건 아니었다. 나는 낙유산 북쪽 기슭에 있는 12구역의 7번 도로로 가면 나와 소희가 표시해 놓은 입구를 찾을 수 있을 줄 알았다. 하지만 지도상의 7번 도로로 가도 입구가 있는 7번 도로에는 도착할 수 없었다.

6구역과 12구역을 잇는 터널을 빠져 나온 뒤 가장 먼저 만나는 교차로에서 우회전을 하면 지도에 나오는 7번 도로가 나온다. 거기서 우회전 대신 직진을 한 뒤, 장근형이 우리를 내려 줬던 상업 지역을 지나 몇 번 더 꺾어서 다시 낙유산 쪽으로 돌아와야 진짜 7번 도로로 진입할 수 있다. 소희와 내가 유령의 차를 추적하며 12구역을 빙빙 돈 게 괜한 일이 아니었던 거다. 진짜 7번 도로는 지도상의 7번 도로와 진입로, 진출로가 같고 주변 풍경도 같지만 실제로는 다른 도로다. 혜나가 어제 12구역을 직접 돌며 이 사실을 알아냈다.

진짜 7번 도로에 진입하자 혜나는 운전 모드를 수동으로 전환했다. 장근형뿐 아니라 혜나까지 면허가 있을 줄은 몰랐다. 생각해 보면 림보는 지도에 나와 있지 않으니 자동 주행 시스템으로는 그 안에 들어갈 수 없다. 혜나는 이런 일에 대비하기 위해 미리 면허를 따 놓은 걸까. 혜나가 얼마나 오래전부터 이 계획을 준비했을지 문득 궁금해졌다.

도로를 따라 동쪽으로 달리던 혜나는 우리가 표시해 놓은 지점에서 아무런 망설임도 없이 철조망을 향해 핸들을 꺾었다. 민중이는 눈을 감았고 표시를 해 놓은 나와 소희도 저절로 몸이 움츠러들었다. 차는 아무 저항 없이 철조망을 지나 이어진 길을 달렸다. 눈앞에 터널, 아니, 림보가 보였다.

"장근형이 말한 주차장이 림보 안에 있는 건 아닐 거야. 림보와 장인철 이사장의 집을 잇는 다른 비밀 통로가 있을 거고 그 중간이 주차장이겠지. 그걸 보면 림보와 우리 집을 잇는 비밀 통로도 있을지 몰라. 엄마는 나한테 그런 걸 알려 주지 않을 거야. 내가 림보와 관련된 일로 손을 더럽히기를 원하지 않을 테니까."

혜나가 말했다. 엄마의 말을 고분고분 듣기만 하면 혜나는 서주미 대표의 뒤를 이어 디바인 그룹을 물려받게 될 거다. 차라리 그렇게 큰 권력을 쥔 뒤에 세상을 뒤집는 게 더 쉽지 않을까. 내 생각을 읽기라도 한 듯 혜나는 이렇게 덧붙였다.

"물론 언젠가는 알려 주겠지. 십 년이든 이십 년이든 후에. 난

도저히 그때까지는 못 기다려. 못 참는다는 뜻이 아냐. 그렇게 오래 기다리다 보면 나도 엄마처럼 생각이 바뀌어 버릴지도 모르니까."

혜나가 입술을 살짝 깨물었다. 혜나는 아마 정말로 자신의 생각이 바뀔지도 모른다는 뜻으로 그 말을 했을 것이다. 나는 다른 의미로 소름이 끼쳤다. 만일 혜나가 끝까지 자기 엄마의 뜻을 따르지 않는다면 서주미 대표가 혜나를 그대로 둘까. 혜나의 기억에도 손을 댈지 모른다.

부모님과의 기억을 잃기 전 나는 어떤 사람이었을까. 너무 어렸으니 지금 기억을 잃는 것과 비교하기는 어려울 거다. 그렇다면 그 기억을 되찾은 뒤에 나는 어떤 사람이 될까. 지금과 같은 사람일까? 솔직히 장담할 수 없었다.

다른 사람의 기억에 함부로 손을 댄다는 건 생각하면 생각할수록 끔찍한 일이다. 그런 일이 일어나게 내버려 둬서는 안 된다. 양민준을 희생해서라도 그걸 뒤집고 싶어 하는 혜나의 마음이 조금 이해가 갔다. 지금 다시 투표를 한다면 혜나의 손을 들어줄지도 모르겠다. 하지만 지금 우리는 양민준을 구하러 가고 있다.

'일단 양민준부터 구하고.'

나는 속으로 다짐했다.

시노와 경로를 비교하던 민중이가 머리를 긁으며 말했다.

"터널이 생각보다 긴데. 이대로라면 낙유산을 관통하겠어."

"그럼 다시 6구역으로 돌아간다는 뜻인데. 6구역의 지하? 정말 림보에 딱 어울리는 위치네."

혜나가 대답했다. 여전히 운전대를 잡은 채였다. 조금 더 가자 터널이 넓어지며 여기저기 교차로가 나타났다. 지나가는 차들도 보였다. 길이 워낙 미로처럼 꼬여 있어서 어디로 가고 있는 건지 방향조차 가늠하기 힘들었다. 민중이가 물었다.

"혜나야, 아직 수동 운전 중이야? 림보의 네트워크를 해킹하려면 일단 중앙 제어실을 찾아야 하는데, 이렇게 넓어서야 대체 어디로 가야 할지 감이 안 오는걸."

"다른 곳이라면 몰라도 6구역의 지하라면 짐작 가는 곳이 있어. 위치 추적 중이지?"

"물론이지. 정밀 가속도 센서를 이용해서 좌표를 계산하고 있어. 오차는 3미터 이내일 거야."

"지상 지도하고 겹쳐 봐."

민중이가 자신의 태블릿PC에 무언가를 입력하자 깜박이는 붉은 점 위로 6구역의 지도가 겹쳐졌다. 혜나가 속도를 내자 점에 표시된 숫자가 바뀌면서 지도가 조금씩 움직였다. 지하의 길은 지상의 길과 전혀 달라서 붉은 점은 길을 관통하며 지도 위를 제멋대로 헤집고 다녔다. 혜나가 다시 말했다.

"일상고등학교 방향을 알려 줘. 최대한 가깝게 접근해 볼게."

"우리 학교? 학교 밑에 림보의 중앙 제어실이 있다고?"

"운석이 떨어지기 전에 디바인의 연구소 지하에는 대규모 서버실이 있었어. 충돌로 연구소는 완전히 파괴되었고 그 자리에 일상 고등학교가 지어졌지. 그런데 서버실이 지하 깊은 곳에 있었다면 충돌에서 살아남았을지도 몰라. 그렇다면 그 서버를 그대로 이용해서 림보의 네트워크를 구성했을 거야. 디바인에서 가장 먼저 한 게 사망자들을 삭제하는 일이었으니까."

눈을 태블릿PC에서 떼지 않은 채 혜나의 말을 듣던 민중이가 손가락을 공중에 빙빙 돌리며 말했다.

"그럴듯한데? 그런데 혜나야, 우리 지금 학교 주변을 빙빙 돌고 있어. 더 가까워지지 않는데."

"꺾는 길이 안 보여. 유수현, 뭐 보이는 거 없어?"

"응. 나도 안 보여. 아까부터 집중하고 있는데 눈에 띄는 게 없어."

"분명 여기에 있을 것 같은데……."

그때 갑자기 뒤에서 헤드라이트가 비춰졌다. 차 한 대가 우리를 따라오고 있었다. 혜나는 동요하지 않고 일정하게 속도를 유지하며 계속 달렸다. 뒤에 있던 차가 속도를 내더니 우리 옆을 지나갔다. 그대로 멀어지나 싶더니 갑자기 우리 쪽으로 방향을 틀며 길을 막고 멈춰 섰다. 혜나가 재빨리 차를 돌리려 했지만 이미 뒤이어 쫓아온 차들이 퇴로를 막고 있었다. 혜나는 어쩔 수 없이 차를 멈춰 세웠다.

"결국 이걸 써야 할 일이 생겼네. 너희는 나오지 말고 있어."

혜나는 그렇게 말하더니 소켓을 눌러 시냅스 칩을 뺐다. 그러고는 가방에서 붉은 칩 하나를 꺼냈다. 아무 표시도 되어 있지 않은 사제 칩이었다. 칩을 소켓에 꽂은 혜나가 갑자기 낮은 비명을 내뱉으며 몸을 움츠렸다.

"혜나야! 괜찮아?"

"괜찮아. 정상 반응이야. 5초면 돼."

벌떡 일어서려는 소희를 한 손으로 막으며 혜나는 눈을 꼭 감은 채 이를 악물었다. 정말로 5초가 지나자 혜나는 숨을 몰아쉬며 눈을 떴다. 그러고는 우리를 돌아보며 살짝 웃어 보였다. 쿵쿵! 차 문을 두드리는 소리가 들렸다. 어느새 검은 옷을 입은 사람들이 우리 차를 둘러싸고 있었다. 소희가 안경에 손을 올리고 그 사람들을 둘러보며 말했다.

"정보가 없어. 전부 유령이야!"

"아까 그 칩은 뭐야? 뭘 하려고?"

내가 묻자 혜나는 짧게 대답하고는 혼자 차에서 내렸다.

"보면 알아."

3

그 후 차 밖에서 벌어진 일을 우리는 눈으로 보면서도 믿을 수 없었다. 짧은 시간 동안 여섯 번 정도 총성이 들렸다. 그리고 그동안 혜나는 맨손으로 총을 든 사람 다섯 명을 쓰러뜨렸다. 영화에 나오는 히어로처럼 빠른 움직임이었다. 총알이 날아오는 걸 보고 피하는 것 같았다. 다시 차 안으로 들어온 혜나는 어지러운지 그대로 의자 위로 쓰러졌다. 소희가 혜나를 부축하며 가슴에 귀를 대 보더니 깜짝 놀라 외쳤다.

"심장이 너무 빨리 뛰어! 터질 것 같아!"

"가방, 가방에 약이 있어."

혜나가 간신히 끌어올린 목소리로 말했다. 민중이가 약을 찾아 건네자 혜나는 캡슐을 입에 물고 터뜨렸다. 그러고는 길게 숨을 내쉬었다. 잠시 기다리자 혜나의 호흡이 겨우 정상으로 돌아왔다. 내가 물었다.

"괜찮아? 어떻게 된 거야?"

"시냅스 칩에서는 기억만 꺼낼 수 있는 게 아냐. 이론적으로는 뇌의 모든 기능을 향상시킬 수 있어. 운동 신경도 그중 하나지. 이 칩을 꽂으면 시간이 열 배 정도 느리게 가는 것처럼 느껴져. 아직 실험 중이라 부작용이 좀 있긴 하지만."

"그런 위험한 걸 왜 너 혼자 해? 다음엔 내가 할게."

"바보. 네 소켓에는 들어가지도 않아. 꽂는다고 당장 할 수 있는 것도 아니고. 몇 달은 적응 훈련을 해야 해. 괜찮아. 좀 쉬면 회복돼. 그보다 고민중, 유령들이 타고 온 차를 조사해 봐. 분명 이 차보다는 정보가 많을 테니까."

"알았어. 맡겨 둬."

민중이가 얼른 장비를 챙겨 차에서 내렸다. 뒤따라 내린 소희는 쓰러진 사람들의 얼굴을 하나씩 자세히 살폈다. 그러고는 다시 차로 돌아와 고개를 절레절레 저으며 말했다.

"혹시나 싶어서 봤는데, 확실해. 전부 유령이야. 정확히 매칭되는 얼굴이 하나도 없어. 비슷한 얼굴이 몇 개 뜨긴 하는데, 가족일까?"

"그럴 수도 있지. 굳이 확인해 보지 않아도 림보 안에서 돌아다니는 사람은 전부 유령일 거야. 유령이 아닌데 이 안에 들어올 수 있는 사람은 손에 꼽을 테니까. 우리 엄마, 장인철, 그 측근 몇 명 정도?"

혜나의 말에 소희가 한숨을 푹 내쉬었다.

"그럼 여기에서 나는 쓸모가 없구나."

"네가 쓸모없다고 생각했으면 같이 오지도 않았을 거야. 난 그렇게 어설프게 계획을 세우지 않아."

혜나는 한결 편안해진 모습으로 의자에 걸터앉아 있었다. 잠시 소희를 바라보던 혜나가 가볍게 웃으며 물었다.

"소희 너는 얼굴만 보고도 가족인지 맞힐 수 있어?"

"확실한 건 아냐. 관계가 전혀 없는데도 찍어 놓은 것처럼 똑같이 생긴 사람도 있으니까. 뭐, 그래도 얼굴을 많이 아니까 남들보다는 좀 더 정확하겠지?"

그런 이야기를 하는 동안 민중이가 돌아왔다. 얼굴에는 미소가 가득했다.

"먼저 좋은 소식. 정보가 있었어. 저건 림보 내부에서만 도는 순찰차인 모양이야. 내부 지도가 있는데 예상대로 문자 체계가 달라서 해독하는 데 좀 시간이 걸렸어. 그리고 지도를 보니, 역시 서혜나 대단해. 진짜로 학교 밑이 제어실이야. 이 벽 너머 말야. 나쁜 소식은 입구가 있긴 한데 착시가 아니라 진짜 강철 문으로 막혀 있어. 열려면 카드 키가 필요한데 이 녀석들에게는 없었고. 하지만 또 하나의 좋은 소식은 내가 지도에서 내부로 이어지는 환풍구를 찾았다는 거지."

민중이는 그렇게 말하며 손가락으로 위를 가리켰다. 차 밖으로 나가 올려다보니 정말 환풍구가 보였다. 사람 하나 정도는 충분히 지나갈 수 있을 정도로 넓기까지 했다. 벽에 밟고 올라갈 수 있는 사다리도 붙어 있었다. 혜나가 민중이에게 엄지를 치켜세우며 말했다.

"역시 고민중이야. 다른 정보는 없었어?"

"있었어. 나쁜 소식. 순찰차에서 자동으로 경보가 발령됐어. 몇

분 후면 이곳으로 지원 병력이 몰려올 거야."

"참 빨리도 말한다. 시간이 없어. 자! 움직여!"

4

맨 앞이 민중이, 그다음이 나, 소희, 혜나 순이었다. 엉금엉금 기어가는데 기다란 환풍구를 타고 사이렌과 사람들이 소리치는 소리가 들려왔다. 금방이라도 우리를 찾아내 쫓아올 것만 같았다.

"고민중, 좀 빨리 갈 수 없어? 이러다 잡히겠어."

소희가 속삭였다. 민중이가 짜증 섞인 목소리로 대답했다.

"최대한 빨리 가고 있거든? 지도를 내려받긴 했는데 이게 워낙 꼬여 있어서."

"조용히 하는 편이 좋을 거야. 소리가 새어 나가면 더 빨리 들킬 테니까."

혜나가 핀잔을 주자 둘은 다시 조용해졌다. 민중이는 계속 더듬더듬 길을 찾으며 앞으로 나아갔다. 30분 넘게 기어가다 보니 슬슬 다리가 뻣뻣해지고 허리가 끊어질 것처럼 아팠다. 여기저기서 숨죽인 신음이 흘러나왔다. 민중이가 다시 멈추자 고개를 숙이고 기어가던 나와 소희는 차례대로 앞사람의 엉덩이에 머리를 박았다. 소희가 못 참고 속삭였다.

"야, 고민중! 멈출 거면 말을 하고……."

"여기야."

민중이가 속삭였다. 아래를 보니 환풍기 팬 사이로 케이블이 주렁주렁 연결된 서버가 눈에 들어왔다. 혜나는 우리를 조금 떨어져 있게 하더니 두꺼운 연필처럼 생긴 도구를 꺼내 환풍기 팬의 네 모서리에 대고 쾅쾅 찍었다. 그러자 고정되어 있던 나사가 떨어져 나가며 팬이 환풍구에서 분리되고 사람 한 명이 겨우 내려갈 수 있을 만한 구멍이 생겼다.

밑으로 내려간 우리는 한동안 입을 다물지 못했다. 얼핏 봐도 축구장 하나 크기 정도는 되는 공간에 깜박이는 색색의 불빛을 가진 서버들이 끝이 보이지 않을 정도로 늘어서 있었다. 혜나가 감탄하며 중얼거렸다.

"역시. 이런 곳이었구나."

우리가 주변을 둘러보는 사이 민중이는 구석에 놓인 패널 근처에서 케이블을 꽂을 수 있는 단자 하나를 찾아냈다. 가지고 온 작은 장비를 케이블로 연결하고 헤드 마운트 디스플레이를 뒤집어 쓰더니 허공에 손을 휘젓기 시작했다. 입으로는 연신 무언가를 중얼거렸다.

"좋아, 좋아. 됐고, 넘어갔고, 장난해? 데이터야. 아주 오래된 데이터. 와, 이건…… 잠깐만, 잠깐만."

민중이가 갑자기 말을 멈췄다. 그러고는 꿀꺽 침을 삼켰다. 혜나가 물었다.

"왜 그래? 뭘 찾았어?"

"이건 아무래도 기억과 관련된 것 같은데. 정확히 말하면 지도야, 기억의 지도. 용량이 너무 커. 복잡하고. 이런 게 가능한가? 그런데 그게 중요한 게 아니라, 이런 지도가 한두 개가 아니거든. 전체 개수가 9,526개야."

9,526. 들어 본 숫자였다. 혜나가 대답했다.

"생존자의 숫자야. 9,526명. 운석 충돌에서 살아남은 사람들. 생존자의 기억 전체. 그래, 너희 말야. 찾아보면 저 안에 너희 기억도 있을 거야. 너희가 잃어버린 기억. 고민중, 누구 기억인지 구분 가능해?"

"아니. 라벨링은 되어 있지 않아. 자주 등장하는 키워드로 검색하면 찾을 수는 있을 텐데 시간이 좀 걸릴 거야. 워낙 복잡해서. 30분 정도?"

"그 정도면 너희 세 명의 기억을 찾아낼 시간은 있을 거야. 아니면 한두 명 정도라도. 어때? 관심 있어?"

"그럴 시간이 어디 있어! 잊었어? 우리 여기 양민준 찾으러 온 거잖아!"

"다시 한번 선택권을 주는 거야. 여기 오래 있진 못할 테니까. 그시간 동안 우린 유령에 대한 정보를 빼내서 양민준을 찾으러 갈수도 있고, 너희의 잃어버린 기억을 찾을 수도 있어. 아니면 이곳을 통째로 폭파해서 림보를 마비시킬 수도 있지. 난 개인적으로는 세 번째가 좋지만, 약속한 대로 너희 선택을 따르겠어."

"난 양민준."

소희가 곧바로 대답했다. 혜나는 표정 하나 변하지 않은 채 다시 한번 물었다.

"그게 가장 위험하다는 건 알고 있지? 게다가 여기 오는 건 이번이 마지막일지도 몰라. 잘 생각하고 대답해."

"일단 양민준을 찾기로 했잖아. 어떻게 해서든지 다시 오면 되는 거고. 더 생각할 필요도 없어."

"알았어. 유수현, 넌 어때?"

내가 얼른 대답하지 못하자 소희의 표정이 점점 일그러졌다. 어떤 게 옳은 길일까. 쉽게 판단하기 힘들었다. 그때 민중이가 끼어들었다.

"나도 양민준."

"뭐야, 바뀌었어?"

소희가 기뻐하면서도 어이없다는 듯이 물었다. 민중이가 머리를 긁으며 대답했다.

"방금 기억 더미를 보면서 든 생각인데, 역시 나는 기억을 되찾고 싶지 않아. 이대로가 좋아. 내가 뭘 잊었든, 그게 내 뜻이었든 아니든. 어쨌든 나는 그 위에 다시 새로운 기억을 쌓았고 그 결과 지금의 내가 된 거잖아. 난 지금의 나에 만족해. 그러니 그냥 양민준이나 찾자는 거지."

"좋아. 이유가 뭐든 상관없어. 그럼 이제 수현이는 투표할 필요도 없게 된 거네. 고민중! 빨리 유령의 정보를 찾아!"

소희가 재촉했다. 혜나가 고개를 끄덕이자 민중이는 다시 헤드마운트를 덮어쓰고 작업을 시작했다. 혜나가 나를 돌아보며 작게 속삭였다.

"다음번엔 분명하게 선택해야 할 거야."

나는 아무 말 하지 못하고 고개를 숙였다. 민중이의 말을 들으니 생각이 더 복잡해졌다. 디바인이 사람들의 기억을 더 이상 조작하지 못하도록 막아야 한다. 그건 확실하다. 하지만 잃어버렸던 기억들을 다 돌려줘야 할까. 나는 어떨까. 기억을 되찾고 싶은 건가? 부모님이 어떻게 돌아가셨는지, 어떤 부모님이었는지를 다시 기억해야 하는 걸까. 그렇게 되면 바로 어제 부모님이 돌아가신 것처럼 견딜 수 없이 슬퍼지는 건 아닐까. 나도 이렇게 혼란스러운데 사람들에게 기억을 무작정 되돌려 줘도 될까. 민중이처럼 원치 않는 사람도 있을 텐데. 고민하는 사이 민중이가 작게 외쳤다.

"찾았어! 찾긴 했는데, 이게 이름으로 되어 있질 않아. 여기 들어오는 순간 이름은 지워지나 봐. 그냥 번호로 불려. 사진이 있으니 얼굴을 보고 찾아야 할 것 같은데……. 안 되겠다. 일단 정보를 다운받아야겠어."

민중이는 주머니에서 검은색 시냅스 칩을 꺼냈다. 케이블로 연결한 장비에는 소켓이 하나 달려 있었다. 칩을 끼워 넣자 불빛이 깜박이며 다운로드가 시작됐다. 우리가 숨을 죽이며 기다리는 사이에도 민중이는 계속 팔을 휘저으며 무언가를 검색했다. 그사이 불빛이 파란색으로 바뀌었다. 민중이가 버튼을 눌러 빼낸 칩을 소희에게 건넸다.

칩을 받아 든 소희는 끼고 있던 칩을 빼고 방금 받은 검은색 칩으로 바꿔 끼웠다. 그러고는 쭈그려 앉아서 눈을 감고 이마에 양손을 짚었다. 소희가 집중하기 시작한 지 얼마 지나지 않아 갑자기 제어실 반대쪽 끝에서 문이 열리며 누군가 들어오는 소리가 들렸다. 모두 얼른 몸을 웅크리고 소희가 앉아 있는 패널 뒤로 기어갔다. 구둣발 소리가 사방에서 점점 다가오고 있었다. 이제 잡히는 건 시간문제였다. 내가 속삭였다.

"소희야! 서둘러. 이쪽으로 오고 있어."

"알았어, 알았어. 거의 끝났으니까 잠시만. 됐어! 이 사람이야. 번호가, D9718, D9718이야!"

"D9718? 좋았어. 잠시만 기다려."

민중이가 얼른 번호를 입력했다. 그러는 사이 발소리는 더욱더 가까워졌다. 마침내 민중이가 손가락으로 동그라미를 그리며 속삭였다.

"나왔어! 잠깐, 앞의 D가 등급인 모양이야. D등급이면 낙제라는데? 소멸? 아냐, 그건 E등급이고. D등급이면…… 노역이라고 되어 있네. 얼마 안 남았어. 곧 이송될 거야, 노역장으로.”

“지금은? 지금 있는 곳은 어디야?”

“잠시만. 여기서 멀지 않아. 됐어! 지도에 위치를 내려받았어.”

5

장비들 사이로 몸을 숨기며 가까스로 유령들의 눈을 피해 제어실을 빠져나올 수 있었다. 제어실이 운동장처럼 넓은 게 다행이었다.

제어실은 원형의 긴 통로로 둘러싸여 있었다. 바깥으로 통하는 문은 보이지 않았다. 눈에 띄는 문들은 전부 안쪽의 제어실이나 제어실에 딸린 창고 같은 방들로 이어졌다. 맞은편에서 오는 유령들의 눈을 피하며 통로를 한 바퀴 빙 돌았는데도 나가는 길을 찾을 수 없었다. 소희가 괜히 나를 타박했다.

“어떻게 하지? 유수현! 너 뭐 못 봤어?”

“착시로 숨겨진 게 아니잖아. 수현이 눈에 보일 리가 없지. 고민 중, 지도에 다른 통로는 안 나와 있어?”

“없어. 다시 환풍구로 돌아갈 수도 없고. 분명 여기가 출구인 것 같은데.”

민중이가 매끈한 벽을 여기저기 만져 보았지만 반응은 없었다.

노크하듯이 똑똑 두들기는 걸 본 소희가 이번에는 민중이를 타박했다.

"야, 그런다고 누가 문을 열어 주겠냐? ······어?"

갑자기 민중이가 두드린 부분에서 세로로 긴 틈이 드러나더니 하얀 철판이 양쪽으로 갈라졌다. 바깥으로 통하는 문이었다. 환호성을 지르려던 소희는 문밖에 서 있는 사람들을 보고는 입을 틀어막았다. 혜나가 소켓에 손을 올리며 재빨리 움직이려 했지만 민중이의 이마에 총이 겨눠지는 게 더 빨랐다.

"뒤로 물러나! 이 친구 머리에 구멍을 내고 싶지 않으면."

검은 옷을 입은 사람은 모두 네 명이었다. 네 개의 총구가 우리에게 하나씩 겨눠졌다. 혜나는 어쩔 수 없이 뒤로 물러났다. 민중이의 머리에 총을 겨눈 사람이 물었다.

"침입자가 너희였어? 제어실에는 왜 들어온 거지?"

"우린 침입자가 아냐, A8124."

소희였다. 한 손은 허리에 얹고 다른 한 손은 안경 위에 올린 채 노려보는 소희에게 검은 옷 하나가 총구를 겨눈 채 다가왔다.

"안 그러는 게 좋을걸, B3091."

"뭐? 넌 누군데 우리 번호를 알아? 복장을 보니 기껏해야 C등급인 것 같은데."

"건방진 녀석. 겉모습으로 판단하지 말라고 안 배웠어? 실제 상황을 가정한 훈련 중이다. 현장에 가장 늦게 도착한 주제에 우리에게 총을 겨눠?"

B3091이 머뭇거리며 뒤로 물러났다. 아직까지 민중이의 머리에 총을 겨누고 있던 A8124가 당황한 듯 변명을 늘어놓았다.

"아시겠지만 저흰 다른 임무를 수행하고 있었어서……. 나중에 확인해 보시면 저희가 최대한 빠르게 움직였다는 걸 아실 수 있으실 겁니다만."

"그런 변명은 일단 총을 내리고 해야 하지 않을까?"

"아, 네. 죄송합니다."

A8124가 총을 내렸다. 나머지 세 명도 우리를 겨누고 있던 총을 거두었다. 소희가 눈짓하자 혜나가 번개같이 앞으로 튀어 나갔다. 네 명이 모두 쓰러지는 데는 10초도 걸리지 않았다. 혜나도 자리에 털썩 주저앉아서는 힘겹게 캡슐을 꺼내 깨물었다. 잠시 숨을 돌린 혜나는 소희를 향해 엄지를 치켜들며 말했다.

"백소희, 멋진데?"

"괜찮은 거야? 많이 안 좋아 보이는데."

"하루에 두 번은 좀 무리인가. 뭐, 버틸 수는 있어. 일단 이 녀석들 옷으로 갈아입자. 소희가 신분을 다 알고 있으니 위장할 수 있을 거야."

"좋은 생각. 여기 이 A등급 녀석이 카드 키도 가지고 있어. 이걸로 양민준이 있는 곳까지 갈 수 있을 거야."

민중이가 A8124의 재킷을 벗겨 내며 말했다. 우리는 옷을 갈아입고 쓰러진 유령들을 끌어다 창고에 숨겼다. 민중이가 A8124의 카드를 아까 열렸던 벽 근처에 가져다 대자 지잉 소리가 나며 다시 문이 열렸다.

밖에는 유령들이 타고 온 차도 있었다. 훈련실이라고 표시된 곳까지 가는 데는 5분도 걸리지 않았다. 한적했던 제어실 주변과는 달리 이곳에는 유령들이 많았다. 하지만 그 사이를 유유히 지나가도 아무도 의심하지 않았다.

"이 방이야."

그렇게 말하며 민중이가 키를 가져다 대 간단히 문을 열었다. 작은 방 한가운데 놓인 기울어진 의자에 누군가 고개를 축 늘어뜨린 채 묶여 있었다. 얼른 다가가 얼굴을 확인했다. 양민준이었다. 얼굴을 직접 보자 기억이 조금 되살아났다.

"민준아! 양민준!"

"아닙니다! 저 잘할 수 있습니다! 제발 다시 한번 기회를!"

양민준이 갑자기 소리를 지르는 바람에 나는 깜짝 놀라 뒤로 물러났다. 민중이가 다가오며 물었다.

"양민준 맞아? 확실해?"

민중이는 여전히 양민준을 알아보지 못했다. 소희가 대신 대답했다.

"맞아. 확실해. 양민준! 정신 차려! 우리 못 알아보겠어?"

"아닙니다! 저는! 어, 어, 너는……."

"양민준! 나야, 유수현! 잘 생각해 봐!"

"유, 수현? 유수현? 네가 여기 왜? 너도 잡혀 왔어?"

"아냐. 우린 널 구하러 온 거야."

"양민준! 이제 좀 기억이 나? 어서 정신 차리고 나가자. 너희 어머니가 기다리셔."

소희가 양민준을 묶고 있는 잠금장치를 억지로 풀려고 애쓰며 말했다. 민중이가 옆에 놓인 패널에 키를 가져다 대고 무언가를 입력하자 철컥, 하고 장치가 풀렸다. 나는 앞으로 쓰러지는 양민준을 겨우 받아 부축했다.

"안 되겠다, 업혀. 차까지만 가면 금방 빠져나갈 수 있을 거야."

그렇게 말하며 양민준을 들쳐 업자 양민준이 내 목에 팔을 둘렀다. 동시에 소켓 바로 아래에 차가운 금속이 닿는 느낌이 들었다.

"양민준! 뭐 하는 거야!"

소희의 외침과 함께 사방에서 경고음이 울려 퍼졌다. 문이 열리며 수십 명의 유령들이 쏟아져 들어와 우리를 둘러쌌다. 양민준이 실실 웃으며 말했다.

"헤헤, 멍청한 녀석들. 생각보다 너무 쉬운데?"

"너 우리 기억 안 나? 기억이 다 지워진 거야?"

"기억? 아주 잘 나지. 유수현, 백소희, 고민중 그리고 서혜나. 서혜나랑 같이 멍청이들 몇 명이 올 거라기에 누굴까 했는데, 너희였구나?"

"그런데 대체 왜 이러는 거야? 밖에 나가기 싫어? 너희 엄마가 널 얼마나 기다리고 있는데!"

소희가 달려들려 했지만 순식간에 겨눠진 총구에 발을 떼지 못했다. 양민준이 소희를 돌아보며 대답했다.

"엄마? 헛소리하지 마. 난 엄마 같은 거 없어."

"무슨 소릴 하는 거야? 너 제정신이야? 너희 엄마가 널 구하느라고 뜨거운 물을 뒤집어쓰신 것도 잊었어?"

"그런 뻔한 거짓말에 내가 속아 넘어갈 것 같아? 난 여기가 좋아. 아니, 조금 힘들어질 뻔했는데 다행히 너희 덕분에 다시 좋아졌지 뭐야. 히히히."

"기억을 지운 거야. 지금 양민준을 설득하려고 해 봐야 소용없어. 기절시키고 끌고 나갔어야 했는데."

혜나가 한숨을 쉬며 말했다. 소희가 다시 앞으로 튀어나오려고 하자 소희 뒤에 있던 유령이 총으로 소희의 뒤통수를 내리쳤다. 소희가 쓰러지는 걸 본 혜나의 얼굴이 일그러졌다. 혜나가 소켓에 손을 올리려고 하자 유령들이 뒤로 물러나며 혜나에게도 총구를 겨눴다.

"공주님한테는 손대지 말라고 경고했을 텐데!"

유령들 뒤에서 누군가가 소리쳤다. 유령들이 둘로 갈라지며 생긴 길로 그 사람이 저벅저벅 걸어 나왔다. 검은 제복 위에 긴 머리를 늘어뜨린 사람이었다. 이상하게 얼굴이 익숙했다. 혜나가 허탈

한 목소리로 말했다.

"이제 보니 알겠네. 가족이라는 거."

쓰러져 있던 소희가 신음을 흘리며 고개를 들었다. 검은 제복을 입은 사람을 바라본 소희의 표정이 순간 굳었다. 그 모습을 보고 다시 앞에 서 있는 사람의 얼굴을 바라보니 이제 내 눈에도 보였다. 키가 크고 안경을 쓰지 않은 걸 빼면 그 사람은 소희를 빼다 박은 모습이었다.

"……설마, 소희의 언니?"

"네가 유수현? 조금 놀랐나 보네. 아껴 둬. 앞으로 놀랄 일이 수두룩할 테니까."

6

"우리 공주님, 어때, 혁명 놀이는 재미있으셨나? 생각보단 좀 시시하게 끝났다. 그치?"

혜나는 대답 대신 입술을 깨물었다. 그러자 그 사람은 우리를 돌아보며 말했다.

"소개가 늦었네. 난 S0912. 백태희라고 하면 너희가 알려나? 아, 이름은 모르나? 소희야, 너 언니 이름도 까먹었다. 그치? 얼굴은 기억나니?"

소희도 말문이 막힌 모양이었다. 대신 눈에 눈물이 그렁그렁했다. 백태희가 이번에는 양민준을 향해 말했다.

"D9718, 아, 이제 C등급이 되겠네? 수고했어. 연기 잘하던데? 미래가 밝아."

"감사합니다! 열심히 하겠습니다!"

"대체 이게, 이게 다 뭐야?"

그렇게 중얼거리자 백태희가 내게 다가왔다. 내 턱을 붙잡아 치켜들고 눈짓하자 양민준이 내 목에서 총구를 떼고 뒤로 물러났다. 얼굴을 옆으로 돌려 내 소켓을 확인한 백태희가 말했다.

"궁금한 게 아주 많을 거야, 유수현. 나도 그렇거든? 그러니까 우리 앞으로 좀 친해져 보자. 다른 친구들도. 고민중 그리고 백소희. 우리 소희, 언니 없이도 멋지게 컸네? 앞으로 언니가 잘 돌봐 줄게. 아주 잘. 참, 서혜나에게 작별 인사할 시간을 줄게. 앞으로 영원히 볼 일 없을 테니까."

"혜나 너, 알고 있었어? 이렇게 될 줄?"

내가 물었다. 그 말을 들은 혜나가 나를 날카롭게 노려봤다. 그러고는 차갑게 대답했다.

"어느 정도 짐작은 하고 있었어."

"그런데 왜 말 안 했어?"

"내가 말을 안 했다고?!"

혜나의 목소리가 높아졌다. 혜나가 내게 한 걸음 다가오자 유령들이 반사적으로 제지하려 나섰다. 백태희는 귀찮다는 듯이 유령들을 손짓으로 뒤로 물렸다. 혜나가 나를 똑바로 보며 말했다.

"분명히 말했지, 위험하다고. 양민준을 구하면 더 위험하다고. 나는 위험하지 않지만 너희는 위험하다고. 내가 세운 계획을 다 포기하면서까지 너희에게 선택권을 줬는데, 왜 말을 안 했냐고? 내가 후회하는 건 딱 하나야. 너희에게 너무 많이 말해 준 거. 좀 더 속였어야 했는데. 아무것도 모른 채 움직이게 했어야 했는데. 그러면 너희도 위험하지 않게 원하는 것들을 손에 넣을 수 있었을 텐데. 다시 한번 말하지만, 난 최선을 다했어. 그런데도 실패한 건, 미안해."

"혜나 너 알고 있었어? 언니가 유령인 거?"

소희가 겨우 목소리를 가다듬으며 물었다. 소희를 보는 혜나의 눈은 조금 누그러져 있었다. 혜나가 대답했다.

"확실하지는 않았어. 유령의 초기 멤버 중 상당수가 당시 사망자로 처리되었던 사람들이라는 건 알고 있었지만."

"언니가 죽은 게 아니라 유령이 되었을 수도 있다고, 나한테 말해 줄 수 있지 않았어?"

"만약에 그랬다가 너희 언니가 죽은 걸로 밝혀지면? 그럼 소희 네게 헛된 희망을 심어 준 게 되잖아. 말하지 않는 게 나을 거라고 생각했어."

"그래, 그랬겠네. 네가 그런 말을 해 줬다면 난 언니가 죽지 않왔기를 빌고 또 빌었을 거야. 이렇게 될 줄도 모르고. 차라리 죽은 게 나았을 텐데."

그렇게 말하는 소희의 몸이 부들부들 떨렸다. 백태희가 그런 소희를 안쓰러워하며 말했다.

"소희야, 언니 너무 섭섭하다. 뭐, 오해는 차차 풀기로 하고. 인사들 다 나눴니? 고민중, 너는 뭐 할 말 없어?"

민중이는 대답 없이 어깨만 으쓱했다. 백태희가 혜나를 돌아보며 유령들에게 명령을 내렸다.

"그럼 여기서 끝낼까? 공주님 집에 잘 모셔다 드리고. 털끝 하나 건드리면 안 되는 거 알지? 너희하고는 급이 다른 사람이니까. 그리고 이 녀석들은 지은 죄로는 E등급이라 실험체로 쓰다가 소멸시켜야 마땅하지만, 능력들이 좀 아까워서 말야. 일단은 D등급. 노역장으로 끌고 가."

거기까지였다. 유령들에게 둘러싸여 밖으로 나가려던 혜나가 나를 돌아보며 말했다.

"유수현, 내가 했던 말들, 명심해."

그와 동시에 목 뒤에 강한 충격이 느껴졌다. 눈앞이 깜깜해졌다.

혁명이라는 말

1

 림보의 아래쪽에는 또 다른 지하 공간이 있었다. 노역장이라고 불리는 이곳에서는 D등급을 받은 유령들이 인간다운 대접이라고는 전혀 받지 못한 채 지독한 노동에 시달렸다. 그게 끝이 아니었다. 이 아래에는 E등급을 받은 유령들이 각종 생체 실험에 시달리다 결국에는 소멸되고 마는 곳이 있다고 한다. 가히 지옥이라고 할 만했다.

 "세상에, 이걸 보고 놀랐어? 너희들이 누리고 낭비하는 온갖 물건들이 어디서 만들어지는지 궁금하지 않았니? 혁명이라는 걸 하려고 했다며. 왜? 지상에서 누리는 평화롭고 평온한 삶이 지루했니? 이런 사람들이 있다는 것도 몰랐으면서 혁명? 정말 웃겨."

백태희의 말에 반박할 기운도 없었다. 일하다가 쓰러져 잠들기를 반복하다 보니 머릿속에 아무 생각도 떠오르지 않았다. 시간이 얼마나 흘렀는지도 알 수 없었다. 그저 소희와 민중이가 무사하기만을 바랄 뿐이었다. 우리 셋은 서로 다른 노역장으로 끌려간 뒤로 다시 만나지 못했다. 이제는 내가 왜 여기 내려왔는지도 잊을 지경이었다. 가끔 백태희가 찾아와 비꼬고 가는 일이 없었다면 더 빨리 잊어버릴지도 모르겠다는 생각마저 들었다.

"더 놀라운 얘기를 해 줄까? 노역장은 지하에만 있는 게 아냐. 지상에도 있어. 훨씬 더 많이. 도시 밖에도 있고 다른 나라에도 있지. 너희가 사는 작은 도시가 세상의 전부인 줄 알았지? 한심하기는. 한심하고 비겁해. 알긴 하니?"

"그걸 다 알면서 왜 이런 일을 하는 거죠?"

겨우 그렇게 따지는 나를 보며 백태희는 코웃음을 쳤다.

"내가 누리고 있는 것들을 포기할 수가 있어야지. 너는 할 수 있니? 당장 세상이 돌아가야 하는데 말야. 그러려면 이렇게 일할 사람이 있어야 하는데 그 일은 누가 하지? 제비라도 뽑을까? 너한테 말야, 그러니까 여기 끌려오기 전의 너한테 한 달에 일주일은 이런 노동을 해야 한다고 하면 받아들였을까? 싫었겠지. 그러니 고마운 줄 알아."

"대체 뭘 고마워하라는 거예요!"

"너희가 모르고 살아갈 수 있게 해 준 거! 이런 세상이 존재한다는 것 자체를 모르고 살아갈 수 있게 해 준 거 말야. 왜냐면, 사실 나는 마음이 좀 불편하거든. 좀 찜찜하고 그래. 가끔 와서 여기 사람들이 고생하고 있는 거 보면 마음도 아프고. 진짜라니까? 그런데 너는 참 마음 편하게 살았지? 몰랐으니까. 그게 누구 덕분인 것 같아? 나 같은 사람들이 대신 불편한 마음을 감수하고 이런 일을 해 주고 있기 때문에 편하게 살아왔다는 생각은 안 드니?"

"말도 안 돼. 그런 궤변이 어디 있어요?"

"정말 현실을 모르는 꼬맹이라니까. 이 사람들이 없으면 네가 매일 먹던 음식, 입던 옷, 아무렇지 않게 보던 영화, 음악, 책, 다 못 만들어. 그거 포기할 수 있니? 너 솔직히 말해 봐. 여기서 나가고 싶지? 여기서 먹는 음식, 입는 옷, 다 싫지? 여기가 지옥처럼 느껴지지? 그런데 그거 아니? 여기 있는 사람들에게는 이게 삶이야. 여기가 저 사람들의 세상이라니까. 네가 살던 세상의 절반을 떼서 저 사람들에게 주고, 저 사람들의 세상 절반을 떼서 네가 가질 각오가 되어 있어? 그게 혁명이야. 아니? 네가 입으로만 나불대던 혁명이 바로 그런 거라고. 다시 물어볼게. 너, 정말 혁명을 하고 싶니?"

혁명이라는 말을 입에 달고 살던 건 내가 아니다. 그래도 소희가 말하는 세상이 좀 더 좋아 보이기는 했다. 공평하게 나눠 갖는 건 좋은 일이니까. 내가 누리던 것들을 조금 포기할 수도 있다. 그런데 어디까지 포기할 수 있을까? 백태희의 말처럼 여기 있는 사람들과 절반을 맞바꿀 수도 있을까?

그 후로 나는 노역장의 사람들을 조금은 다르게 보기 시작했다. 솔직히 그전에는 여기서 사는 건 사는 게 아니라고 생각했다. 여기는 탈출해야 할 곳이었고 이곳 사람들은 구해 줘야 할 사람들이었다. 여전히 그 생각에는 변함이 없지만, 한편으로는 이곳이 저 사람들의 삶의 터전이기도 하다는 사실을 깨달았다.

그러자 이곳 사람들이 가끔은 웃기도 한다는 걸 알게 되었다. 그런 모습들이 비로소 눈에 보이기 시작했다. 단지 이곳의 존재를 안다고 해서 더 넓은 세상을 보는 게 아니었다. 이곳 사람들이 어떻게 살아가고 있는지를 보기 위해서는 더 많은 노력이 필요했다.

모든 사람의 얼굴을 안다는 게 어떤 의미인지를 소희가 말해 준 적이 있었다. 소희는 얼굴 하나하나가 살아 있다고 했다. 나는 소희의 말대로 사람들의 얼굴을 보기 시작했다. 그리고 그 말의 의미를 깨달았다. 혁명이라는 단어는 여전히 내게 너무 거창했다. 하지만 소희가 왜 그 말을 입에 달고 살았는지 조금은 이해하게 되었다. 모든 사람의 얼굴을 진심으로 바라본다면, 그런 생각을 할 수밖에 없었다.

2

백태희는 노역장에서 일하는 사람들 사이에서 악명이 높았다.

사람을 물리적으로 괴롭히기보다는 말로 후벼 팠다. 도망칠 수도 없는 상황에서 노역자들은 자신의 삶이 비참하다는 걸 새삼 떠올리며 괴로워해야 했다. 견디다 못해 대든 사람들은 얼마 지나지 않아 사라졌다. 백태희에 의해 E등급을 받고 아래층으로 끌려갔을 거라는 게 사람들의 추측이었다.

여기에 제일 오래 있었다는 분의 말에 따르면 백태희가 림보에 나타나 사람들을 감시하고 핍박하기 시작한 건 삼 년 전부터였다. 소희의 언니가 십 년 전에 일어난 사고 직후에 유령이 되었을 거라고 생각했던 나는 고개를 갸우뚱했다.

"그럼 그때 유령이 된 건가요?"

"나야 모르지. 하여간에 여기엔 없었어. 뭐, 밖에서 일하는 사람들도 있긴 하니까."

삼 년 전에 유령이 되었을 리는 없다. 소희는 아주 오래전부터 언니를 찾아 다녔다고 했으니까.

백태희가 여기에 오기 전에 무슨 일을 했었는지에 대해서는 또다른 소문이 있었다.

"서주미 대표 쪽에서 무슨 일을 했다고 들었는데, 뭔가가 틀어져서 이리로 들어왔다나 봐."

"대표 눈 밖에 났는데도 여기 와서 이런 일을 할 수 있어요? 바로 지하로 끌려가는 게 아니라?"

"여기야 다 장인철 이사장이 관리하니까. 그러고 보니까 자네,

그 대표 딸하고 같이 들어왔다가 잡혔다고 했지? 백태희가 크게 한 건 했구만. 이사장 입이 아주 찢어졌겠네. 더 예쁨받겠어.”

 “우린 더 힘들어지는 거지, 뭐. 또 얼마나 설치고 다닐지.”

 장인철 이사장과 서주미 대표가 겉으로는 협력하고 있지만 속으로는 그렇게 좋은 관계가 아니라는 것은 혜나에게도, 양미숙 아주머니에게도 들은 적이 있다. 이사장은 혜나를 의심했다가 서주미 대표에게 면박을 당한 적도 있다고 했다. 이번 일로 이사장은 서주미 대표에게 큰소리를 칠 수 있게 되었을 것이다. 혜나가 음모를 꾸미고 있었다는 사실이 명백하게 드러났으니까.

 아마 서주미 대표도 더 이상은 자기 딸을 감싸고 돌 수 없을 것이다. 혜나는 자기가 위험할 일은 없다고 장담했다. 물론 혜나가 다치거나 사라지는 일은 없을 거다. 하지만 다른 방식으로 괴롭힘을 당하지 말라는 법은 없다. 어쩌면 기억을 조작당할지도 모른다. 그리고 그것이 어떤 식이든, 혜나는 두 번 다시 자기 엄마가 만든 세상을 뒤집으려고 시도하지 못할 게 분명하다.

 희망도 없이 고된 일을 반복하는 날이 계속 이어졌다. 그러던 어느 날, 백태희가 나를 불러냈다.

 “따라와.”

 노역장에는 달력이 없다. 시계도 없디. 노역 시작과 끝을 알리는 타이머만 있다. 그러니 대체 얼마 만에 밖으로 나가는 건지 계산이 되지 않았다. 반강제로 몸을 씻은 뒤 새로 받은 옷으로 갈아입고 나니 다시 백태희가 나타났다. 처음 보는 복도로 한참을 끌려가다가 엘리베이터 앞에 도착했다. 나를 엘리베이터에 밀어 넣은 백태희는 층수 표시가 되어 있지 않은 버튼을 눌렀다. 한참을 위로 올라가던 엘리베이터가 땡 하고 멈춰 섰다.

엘리베이터 밖은 사방이 막힌 좁은 공간이었다. 백태희는 거침없이 눈앞에 보이는 벽으로 걸어 들어갔다. 그제야 그곳에 길이 있는 게 보였다. 그렇게 비밀 통로를 몇 번 더 지나고 나서야 겨우 창문이 있는 방이 나타났다. 창문으로 햇빛이 들어오고 있었다. 지상이었다. 창밖으로 보이는 풍경이 익숙했다. 그곳이 내가 다니던 일상고등학교라는 사실을 깨닫는 데까지는 조금 시간이 걸렸다.

백태희가 이사장실이라고 쓰여 있는 문에 노크를 하자 안에서 목소리가 들려왔다.

"들어오게."

이사장을 직접 보는 건 처음이다. 영상이나 칩을 통해 보던 모습과는 확실히 달랐다. 분명 닮기는 했지만, 푸근하거나 인자한 인상은 전혀 아니었다. 장근형과 닮은 것 같기도 하고 아닌 것 같기도 했다. 모르고 보면 가족이라는 생각을 하긴 힘들 것 같았다. 가족이라고 해서 꼭 닮은 건 아닌 모양이었다.

"아, 유수현 학생. 고생이 많다고 들었네. 거기 앉게."

이사장은 활짝 웃으며 나를 반갑게 맞았다. 선입견이 있어서 그런지 그 미소도 호의적으로 느껴지지는 않았다. 내 표정은 여전히 잔뜩 굳어 있었지만 이사장은 아랑곳하지 않고 내 어깨를 툭툭 치더니 나를 끌어다가 푹신한 소파에 앉혔다.

"어디 다친 데는 없나?"

나는 고개만 저었다. 이사장은 히터 위에 놓여 있던 주전자를 들어 안에 든 차를 작은 잔에 따랐다. 쪼르륵 소리가 음악처럼 들렸다. 이사장이 잔을 내 앞에 내려놓자 따뜻한 향이 올라왔다. 내 의지와는 상관없이 저절로 마음이 편안해졌다.

"들게. 기운이 좀 날 거야."

내가 가만히 있자 이사장은 차 한 잔을 더 따라서 내 앞에 앉았다. 그러고는 조금씩 음미하며 차를 마셨다. 백태희는 여전히 석상처럼 굳은 자세로 문 옆에 서 있었다. 이사장이 백태희를 돌아보더니 한마디 했다.

"자네도 한잔할 텐가? 하루 종일 지하에 있느라 힘들지?"

"저는 지하가 편합니다."

"이젠 그럴 필요 없네. 내가 자네를 곁에 둔다고 해도 아무도 뭐라고 하지 못할 테니까. 그러고 보니 아직 자세히 못 물어본 것 같은데, 대체 어떻게 서혜나가 올 줄 알고 그런 준비를 해 놓은 건가?"

"서혜나는 제가 잘 아니까요."

"그렇겠지. 똑똑하다니까. 이런 인재를 그깟 일로 내치다니, 하여튼 여자들이란 감정적이야. 냉정하지를 못해. 어떤가, 사람 보는 눈 하나는 내가 훨씬 낫지 않나?"

"물론입니다. 이사장님이 계속 디바인의 대표로 계셨다면 애초에 이런 일은 벌어지지 않았겠죠. 세상은 좀 더 살기 좋은 곳이 되었을 거고요."

백태희의 말을 들은 장인철 이사장은 만족스러운 듯이 눈을 빛내며 입꼬리를 치켜올렸다. 그러고는 나를 흘깃 돌아보며 말했다.

"사필귀정이야. 모든 일은 결국 제자리로 돌아가게 되어 있지. 잠깐 자리를 비켜 줄 수 있겠나? 자네를 못 믿는 게 아니라, 아무래도 수현이가 좀 불편할 것 같아서 말이야."

"물론입니다. 그럼 밖에서 기다리겠습니다."

백태희는 구십 도로 인사를 하고는 뒤로 돌아 밖으로 나갔다. 문이 닫히는 것을 확인한 뒤 이사장은 미소를 지으며 내게 말을 건넸다.

"긴장할 것 없네. 일단 차를 한 모금 마셔 봐. 귀한 거니까."

무슨 의도로 나를 부른 건지 알 수가 없으니 차에도 선뜻 손이 가지 않았다. 고개도 들지 않은 채 꼼짝 않고 있는 나를 보고는 이사장이 작게 혀를 찼다.

"이런, 내가 너무 늦게 불렀나? 화가 많이 난 모양이군. 상황이 상황인만큼 조금 시간이 필요했네. 물론 지하에서 자네를 따로 챙겨 줄 수도 있었지만, 남자가 그 정도 고생은 해 봐야지. 그래야 세상을 더 넓게 볼 수 있는 법이야. 자네 아버지는 그보다 더한 고생도 많이 했다네."

"아버지요? 제 아버지를 아세요?"

아버지라는 말에 귀가 번쩍 뜨였다. 내가 반사적으로 묻자 이사장이 웃으며 대답했다.

"이제야 입이 떨어졌군. 알지, 알다마다. 자네 어릴 때 가족끼리 자주 모였었는데, 기억 안 나나? 아, 그렇지. 기억을 전부 지웠지. 오해하지 말게. 그건 자네 아버지의 뜻이기도 했으니까."

놀러갔었다고? 이사장과 내가? 상상도 못 해 본 일이다. 그럴 리가 없다. 날 놀리고 있다고밖에 생각되지 않았다. 내 반응을 본 이사장은 그럴 줄 알았다는 듯이 안주머니에서 시냅스 칩 하나를 꺼냈다. 그러고는 그걸 탁자 위에 올려놓고 내 쪽으로 밀었다.

"물론 믿기 힘들겠지. 이걸 꽂으면 기억이 돌아올 걸세. 자네 부모님에 대한 기억 말이야."

"거기 들은 게 진짜 제 기억이라는 걸 어떻게 믿죠? 저에게 가짜 기억을 집어넣으려는 거 아닌가요?"

이사장이 내게 무슨 짓을 하려는지는 몰라도 그냥 앉아서 당할 수만은 없었다. 내가 발끈하자 이사장은 어이없다는 듯이 허허 웃었다.

"가짜 기억? 자네 이비지가 들었으면 기절초풍할 일이로군. 학교에서 배우지 않나? 지금은 안 배우나? 내 참, 뭘 어디까지 건드려 놓은 건지. 아무리 그래도 전설적인 개발자 유이한의 아들이 이렇게 무지해서 될 일인가."

"제 아버지가, 누구라고요?"

처음 듣는 이름이다. 기억에 전혀 남아 있지 않을뿐더러 어디에서도 들어 본 적이 없다. 장인철 이사장은 나를 똑바로 바라보며 말했다.

"유이한. 나 그리고 서주미와 함께 뉴럴 소켓을 개발한 사람이지. 실은 거의 이한이 혼자 개발했다고 해도 과언이 아니야. 그런 사람을 잃었으니 참 아까운 일이네. 그 사람이 자네의 아버지야. 알겠나?"

3

가짜 기억을 사람의 뇌에 집어넣는 건 불가능하다. 디바인은 뉴럴 소켓을 이용해 수시로 사람들의 기억을 조작하지만, 가짜 기억을 만들어 넣을 수는 없다. 기껏해야 뇌가 특정한 정보를 꺼내지 못하게 하거나 잘못된 정보를 꺼내도록 하는 것이 전부다. 다시 말해 어떤 사실을 전혀 기억하지 못하게 하거나 순간적으로 착각하게 만들 수는 있지만, 완전히 잘못된 사실을 세세히 기억하게 만들 수는 없다.

나는 부모님을 기억하지 못한다. 기억하려는 시도조차 하지 않았다. 가끔 부모님이 영 쓸모없는 사람이었을 것 같다는 느낌을 받기도 했다. 하지만 부모님이 내게 구체적으로 어떤 잘못을 했는지, 어떤 사건 때문에 부모님이 쓸모없다고 생각하는지에 대한 정확한 기억은 단 하나도 없다. 같은 원리로 양민준의 어머니가 양민준을 잊게 만들 수는 있다. 하지만 다른 아들이 있었다고 믿게 만들 수는 없다.

나는 십 년 전에 일어난 운석 충돌에 대해 전혀 기억하지 못한다. 그리고 당시 이 도시가 어떤 모습이었는지도 기억하지 못한다. 운석 충돌 이후에 도시 전체가 새로 지어졌을 테니 지금과는 전혀 다른 모습이었을 텐데, 내게는 그런 기억이 없다. 어릴 때의 기억이 남아 있지 않은 게 지금까지는 하나도 이상하지 않았다.

"가짜 기억을 집어넣다니, 그런 건 불가능하네. 기억은 이미 자네 뇌 속에 다 있어. 다만 찾아 들어가는 길이 막혔을 뿐이지. 이 칩에는 그 길을 열어 주기 위한 정보가 들어 있네. 물론 실패할 수도 있어. 그렇다면 더 기억나는 게 없겠지. 하지만 무언가가 새로 떠오른다면, 그건 진짜 기억이야. 잊었던 기억을 다시 떠올리기는 어렵지만, 일단 떠올렸다면 그게 진짜인지 가짜인지를 판단하는 건 어렵지 않네. 긴말 필요 없고, 일단 꽂아 보면 깨닫게 될 걸세."

여전히 이사장에게는 믿음이 가지 않았다. 하지만 적어도 이사장이 하는 말에서 틀린 부분을 찾아낼 수는 없었다. 사실일지도 모른다. 저 칩을 꽂으면 정말로 기억이 돌아올지도 모른다. 그리고 내 아버지가 뉴럴 소켓을 만든 전설적인 개발자라는 말 역시 진짜일 수도 있다.

아버지가 서주미 대표나 장인철 이사장처럼 대단한 사람이었다고? 정말로? 그럼 아버지가 돌아가시지 않았다면 나도 혜나나 장근형 같은 삶을 살았을까. 도저히 실감이 나지 않았다. 만일 그게 사실이라면 나는 왜 이렇게 평범한 삶을 살아온 걸까. 아버지가 그렇게 뛰어난 개발자였다면 왜 내게 이런 싸구려 소켓을 시술해 준 걸까. 나도 모르게 귀 뒤의 소켓에 손을 가져다 댔다. 그걸 본 이사장이 말했다.

"그래, 그 소켓. 그게 자네 아버지가 유이한이라는 증거야. 그 소켓이 특별하지 않았다면 어떻게 자네가 저 지하를 찾아낼 수 있었겠나? 그건 세상에 하나밖에 없는 소켓이네. 평범한 C407 모델이 아니야. 그 안에는 유이한이 직접 설계한 모듈이 들어가 있지. 아무리 펌웨어를 업데이트해도 그 소켓을 달고 있는 한 자네의 기억은 누구도 완벽하게 통제할 수 없어."

내 소켓은 싸구려가 아니었다. 그리고 부모님은 마니악하거나 멍청한 게 아니었다. 오히려 자식을 위해 세상에 하나밖에 없는 특별한 소켓을 달아 준 거다. 그것도 모르고 나는 부모님을 원망하며 살았다. 소켓이 보여 주는 진짜 세상이 내 망상이거나 착시라고 생각하며 살았다.

"우리가 왜 지금까지 자네를 그냥 내버려 두었는지 궁금할 걸세. 자네를 데리고 와서 훌륭하게 키울 수도 있었을 텐데 말이지. 하지만 그게 자네 아버지인 유이한의 유언이었네. 이해하기 힘들 겠지. 솔직히 나 역시도 이해할 수 없네. 이한이는 보통 사람들과는 달랐어. 그럼에도 불구하고 나는 자네를 거두려고 했지만, 서주미 대표가 반대했네. 어쩔 수 없었지. 하지만 이제 이런 일까지 벌어지고 말았으니 서주미도 더 고집을 피울 수는 없을 걸세. 뭐가되었든, 자기 자식도 제대로 못 키우지 않았나?"

그렇게 말하며 장인철 이사장은 탁자 위에 놓인 칩을 내 쪽으로 조금 더 밀었다. 그러고는 손가락으로 탁자를 툭툭 두드렸다.

"선택은 자네가 하게. 우선 기억을 되찾고 나서. 계속 지금처럼 평범하게 살고 싶은지, 아니면 세상을 더 좋은 곳으로 만드는 데 자네의 재능을 쓸 것인지. 어느 쪽을 고르든 나는 자네를 응원할 테니까."

솔직히 답은 정해져 있었다. 만일 내가 이사장의 말을 듣지 않고 끝까지 칩을 꽂기를 거부한다면 어떻게 될까. 아마 속절없이 다시 노역장으로 끌려갈 것이다. 그러니 뭐가 되었든 일단은 칩을 꽂고 무슨 일이 일어나는지, 어떤 기억이 떠오르는지 지켜보는 편이 낫다.

하지만 내 마음 한구석에서는 여전히 이사장을 믿지 않고 있었다. 이사장은 왜 내 기억을 찾아 주려 할까. 설령 그게 진짜로 나를 위한 일이더라도, 이사장 본인에게 도움이 되지 않는다면 굳이 이러지 않을 것이다. 신중해야 했다. 그리고 무엇보다 이사장에게 내가 만만한 사람이 아니라는 걸 보여 주고 싶었다.

"조건이 있어요."

"조건?"

이사장은 진심으로 놀란 표정을 지었다. 자신에게 설득되어 앞뒤 가리지 않고 칩을 꽂거나 반대로 막연한 의심을 앞세워 칩 꽂기를 거부하리라고 예상하는 게 고작이었을 것이다. 이사장이 내세운 선물의 가치를 평가하고 그에 걸맞은 조건을 제시하리라고는 생각지 못했을 것이다. 이사장은 깍지를 끼고 몸을 살짝 앞으로 기울인 채 나를 마주보며 말했다.

"까다로운 것도 딱 제 아버지를 닮았군. 점점 더 자네가 마음에 든단 말이야. 이건 진심이네. 조건? 좋아, 어디 말해 보게."

"백소희와 고민중도 꺼내 주시죠, 노역장에서."

"난 또. 애초에 그 둘을 거기서 썩힐 생각은 없었네. 하지만 지상으로는 안 돼. 너무 많은 걸 알고 있으니까. B등급이면 되겠나? 아니, 바로 A등급으로 올려 주지. 어떤가?"

"그리고 양민준에게 원래 기억을 돌려주세요. 엄마도 돌려주고. 림보에서의 기억을 지우는 건 상관없습니다. 그냥 그 전에 살던 대로 살아갈 수 있게 해 주세요. 엄마와 함께."

"림보? 아, 그래, 자네들은 지하를 그렇게 불렀지. 혜나가 지은 이름인가? 뭐, 소꿉놀이도 진지해야 더 재미있긴 하지. 그런데 조건이라는 게 고작 그건가? 그런 거라면 얼마든지 들어주겠네. 다만, 나도 조건이 있네."

"말씀하시죠."

"내가 부탁을 하나 할 걸세. 자네가 기억을 성공적으로 되찾는다는 가정하에 말이지. 지금은 알려 줄 수 없네. 말해 봐야 이해할 수 없을 테니까."

"그 부탁을 무조건 따르란 말씀이십니까?"

"지금 약속해 봐야 무슨 소용이겠나? 그냥 내 부탁을 들어주게. 진지하게. 그러고 나면 내가 강요하지 않아도 자네 스스로 내 말을 따르게 될 걸세. 장담하지."

"좋습니다."

"그래. 이제야 좀 말이 통하는군."

이사장은 그제야 만족스러운 표정을 지으며 몸을 다시 뒤로 뺐다. 이사장이 차를 한 모금 더 마시는 동안 나는 칩을 집어 들어 뉴럴 소켓에 꽂았다. 지문을 인증하고 버튼과 생각으로 확인했다.

칩의 효과를 확인하는 데는 오랜 시간이 걸리지 않았다. 기억이 떠오르기 시작했다. 아주 오래 전의 기억이.

4

"혜나? 서혜나?"

나는 한 아이와 함께 정원에 앉아 놀고 있었다. 내 앞에 앉아 있는 아이는 혜나였다. 이제 막 초등학교에 입학한 듯한 어린 모습이지만 혜나라는 걸 알아 볼 수 있었다. 그리고 그 앞에 앉아 있는 아이, 그러니까 어린 시절의 나는 혜나를 아주 잘 알고 있었다.

혜나는 공주님처럼 예뻤다. 얼굴만 그런 게 아니라 입고 있는 옷도 하고 있는 머리띠도 가지고 노는 장난감도 공주님처럼 화려했다. 목소리도 아이답지 않게 품위 있었지만 하는 말은 영락없는 아이였다.

[수현아.]

[응?]

[넌 나중에 누구랑 결혼할 거야?]

[글쎄, 서혜나 너?]

[진짜야? 푸하핫!]

[왜 웃어? 싫어?]

[아니, 그냥. 아무것도 아냐.]

[수현아! 유수현! 이제 집에 가야지. 혜나하고 같이 이리 와!]

멀리서 누군가가 나를 부르는 목소리가 들렸다. 아빠였다. 그 순간 내 가슴에 폭포처럼 떨어진 그리움은 뭐라 설명하기 어려웠다. 눈물이 왈칵 쏟아질 것 같았다. 하지만 기억 속의 나는 그저 투정만 부렸다.

[아빠! 우리 중요한 얘기 하고 있었단 말야!]

[다음에 또 놀면 되지. 얼른 와!]

뾰로통해진 내 뺨에 작은 입술이 닿았다. 단지 기억을 떠올리는 것만으로도 걷잡을 수 없이 심장이 두근댔다. 머릿속이 하얗게 세탁되는 기분이었다. 먼저 뛰어가는 혜나의 뒤를 따라 잔디밭을 달렸다. 서주미 대표와 장인철 이사장이 우리를 바라보며 서 있는 게 보였다. 그리고 그 옆에 아빠가 있었다.

아빠의 얼굴이 또렷하게 기억났다. 두꺼운 검은 테 안경을 쓰고 날 바라보며 다정하게 웃는 모습. 나는 어느새 아빠의 어깨 위에 올라타 있었다.

[근데 아빠, 아빠는 혜나 엄마랑 친구야? 많이 친해?]

[친하지. 왜?]

[그런데 왜 우리는 가난해?]

[가난해? 아냐. 아빠도 돈 많아.]

[우리 집은 엄청 작잖아. 혜나네 집은 어마어마하게 큰데.]

[음, 그건 말야, 아빠가 하는 일 때문이야.]

[아빠가 하는 일? 컴퓨터?]

[응. 아빠가 만드는 물건은 세상 사람들이 전부 다 써야 하는 거거든.]

[그런데?]

[그런데 만일 아빠가 혜나 엄마처럼 화려하게 살면, 세상 사람들이 뭘 좋아하는지 잘 모를 거잖아. 그래서 아빠는 최대한 평범하게 살려고 하는 거야.]

[잘 모르겠어.]

[사실 아빠도 잘 모르겠어. 우리 수현이, 혜나처럼 살고 싶어? 사 달라는 거 아빠가 막 다 사 주고 그럴까?]

[아니, 싫어.]

[왜?]

[나는 아빠처럼 살 거니까.]

[나중에 수현이 네가 너무 평범해서 혜나가 결혼 안 해 준다고 하면 어떻게 해?]

[아! 아빠! 우리가 하는 말 엿들었어?]

[하하하. 우리 뛰어갈까? 빨리 엄마 보고 싶지?]

아빠가 뛰는 바람에 시야가 덜컹덜컹 흔들렸다. 너무 흔들려서 멀리 서 있는 엄마가 잘 보이지 않았다. 엄마가 나를 향해 손을 흔들었다. 하늘에서 별이 반짝였다. 별 하나가 점점 커지더니 수십 개로 쪼개졌다. 엄마가 비명을 지르며 내 쪽으로 달려왔다.

[수현아!]

눈앞이 캄캄해졌다. 한동안 아무 기억도 떠오르지 않았다. 시커먼 어둠 속에서 나는 감당할 수 없는 그리움과 두려움에 허덕였다. 그 속에서 다른 감정 하나가 조금씩 커져 갔다. 뭐라 말할 수 없는 그 감정은 그저 피처럼 붉었다.

[이제 고집 좀 그만 부려! 이 지경이 되고서도 아직도!]

[대표님, 아무리 그래도 그건 안 돼요.]

여전히 앞은 보이지 않았다. 사람들이 다투는 소리만 들렸다. 아빠와 장인철 이사장이다. 삐삐 하는 소리도 규칙적으로 들려왔다. 나는 온몸에 무언가를 휘감은 채 눈을 꼭 감고 있었다.

[그래, 넌 너라고 치자. 가족을 생각해야지! 수진이를 그렇게 보내고서도 이럴 거야? 수진이는 네가 죽인 거나 다름없어. 알아?]

[죄송합니다.]

[죄송하면 이제 고집을 좀 꺾어야지! 솔직히 수진이가 그렇게 살고 싶었을 것 같아? 다 네 눈치 보면서 양보한 거지. 사는 건 그렇다 쳐. 우리 중에 누구 하나 다친 사람 있어? 다른 사람들 다 경호팀 보호받으면서 안전하게 대피하는데 수진이를 그렇게 무방비로 내버려 둔 게 누구야?]

[대표님, 이만 명이 넘게 죽었어요.]

[……그 사람들은! 수진이가 그 사람들하고 같아?]

[뭐가 다른데요?]

[하, 됐다. 애초에 내가 널…….]

[그러니까요. 대표님을 못 믿는 게 아니라, 제 고집 알잖아요. 수현이는 그냥 평범하게 살게 해 주세요. 다른 애들하고 똑같이.

그게 제 마지막 부탁이에요.]

[유이한, 이 자식아, 넌 세상에서 제일 이기적인 놈이야. 알아?]

[전 제 삶에 만족해요.]

다시 적막이 흘렀다. 수많은 기억이 물방울처럼 떠올랐다. 그리고 그 모든 기억에 들어 있던 감정들이 한꺼번에 터져 나왔다. 삐소리가 길게 이어졌다. 그러다가 팟, 하고 모든 기억이 끊어졌다.

"어떤가, 기억이 좀 돌아왔나?"

장인철 이사장의 목소리를 들으며 서서히 눈을 떴다. 시간이 얼마나 지났을까. 앞에 놓인 찻잔에서 여전히 김이 피어오르는 걸 보면 그리 길진 않았을 것이다. 하지만 나는 지금까지의 삶을 그대로 다시 산 것 같은 기분이 들었다. 지워진 기억도 포함해서.

"네. 뭐랄까, 겨우 잠에서 깬 것 같네요."

"자네 아버지가 유이한이라는 말, 이제 믿겠지?"

나는 말없이 고개를 끄덕였다. 일단 기억이 떠오르면 진짜인지 가짜인지 분명히 알 수 있을 거라던 이사장의 말은 사실이었다. 새로 떠오른 기억은 남아 있던 기억과 어긋나는 부분이 전혀 없었다. 어긋나지 않는 정도가 아니라 비어 있는 줄도 몰랐던 자리에 한 치의 오차도 없이 깔끔하게 끼워졌다. 꿈을 꿀 때는 꿈과 현실을 구분하기 힘들지만, 일단 깨고 나면 그게 꿈이었다는 사실이 분명해지는 느낌과 비슷했다.

아버지와의 기억도 새록새록 떠올랐다. 그동안 한 번도 꺼내 보지 못해서인지 바로 어제 겪은 일처럼 생생했다. 나를 업고 가며 아버지가 했던 말들, 나를 향해 손을 흔들며 웃던 엄마의 미소가 또렷하게 기억났다. 기억 속의 집으로 돌아가면 부모님이 여전히 나를 기다리고 있을 것 같았다.   .

내 머릿속에서 사랑하는 부모님을 잃었다는 걸 방금 깨달은 어린아이와 부모님 따위 없어도 그만이라고 생각하며 살아온 고등학생이 물과 기름처럼 섞이지 못한 채 뒤엉켜 소용돌이쳤다. 슬프기도 하고 그렇지 않기도 했다. 눈물이 나려다가도 도로 들어갔다. 나는 하나둘씩 떠오르는 기억들을 한 발자국 떨어진 곳에서 다른 사람의 일인 것처럼 지켜보려 애썼다. 이사장 앞에서 아이처럼 울고 싶지는 않았다.

"그런데, 그 부탁 말입니다."

"걱정하지 말게. 친구들은 바로 조치를 취할 테니까."

"아뇨, 이사장님이 하실 부탁 말입니다. 그게 뭔지 궁금해서요."

물론 친구들도 걱정된다. 하지만 이사장의 의도를 파악하는 게 먼저다. 이사장은 대체 왜 이제 와서 내게 옛 기억을 되돌려 준 걸까? 그리고 뭐라고 콕 짚어 이유를 설명할 수는 없었지만, 일단 이사장의 마음에 들어야겠다는 생각도 들었다.

"뭐라고? 핫핫. 급하기도 하군. 그 얘기는 천천히 하고 일단 좀 쉬게. 지금 떠오르는 기억들은 대부분 기억을 잃기 얼마 전에 겪은 일들일 거야. 시간이 지나면 더 오래된 기억들도 차차 생각이 날 걸세. 부탁은 그때 하지."

"그럼 전 다시 지하로 내려가게 되는 겁니까?"

"그럴 리가 있나! 이제 우린 가족이야. 이렇게 자네를 보고 있자니 왜 진작 거두지 않았을까 후회가 되는군. 우리 집으로 가지. 머물 곳을 마련해 뒀으니까."

5

오래된 기억들이 서서히 떠오를 거라는 이사장의 말은 사실이었다. 만일 내가 모든 기억을 가진 채 자라 고등학생이 되었다면 어릴 때의 기억들은 바래지고 희미해져서 그저 어렴풋한 추억으로만 남아 있었을 것이다. 하지만 나는 내 뇌 깊은 곳에 숨겨져 있던 기억들을 마치 내가 그때 그 시절로 돌아간 것처럼 생생하게 다시 꺼내볼 수 있었다.

생생한 건 기억만이 아니었다. 그때 느꼈던 감정도 그대로 다시 살아났다. 나는 내가 얼마나 부모님을 사랑했는지, 그 품 안에서 얼마나 행복했는지를 새삼스럽게 되새겨야 했다. 그리고 그럴 때마다 부모님을 잃었다는 사실이 사무치도록 서러웠다.

참 이상한 느낌이었다. 여전히 나의 절반은 부모님에 대한 기억과 감정을 완전히 잊은 채로 씩씩하게 살아왔던 마음을 지니고 있다. 한편으로는 부모님 없이는 단 하루도 살아갈 수 없을 것 같은 기분을 느끼면서도, 다른 한편으로는 반드시 그렇지는 않다는 걸 알고 있다. 기억을 잃고 살아온 지난 십 년 역시 소중한 나의 삶이다. 만약 디바인에 의해 기억이 지워지지 않았다면 나는 지난 십 년 동안 돌이킬 수 없는 일에 집착하며 많은 시간을 허비했을지도 모른다.

그렇다면 디바인은 올바른 선택을 한 걸까. 그건 아니다. 기억이 선명하게 되새겨질수록 나는 내게서 부모님의 기억을 빼앗아 간 디바인을 용서할 수 없었다. 소중한 기억을 마음속에 간직하고도 나는 살아갈 수 있다. 마음속의 빈자리를 다른 무언가로 채우지 않아도, 아예 그런 자리가 없는 것처럼 지워 버리지 않아도, 한구석이 비어 있는 불완전한 상태로도 충분히 의미 있는 하루를 살아갈 수 있다는 걸 알게 되었다.

물론 부모님을 잃은 직후에는 세상이 다시는 내게 웃어 주지 않을 것처럼 느껴졌다. 지금도 나의 절반은 그렇게 느낀다. 돌아갈 수 없는 나날들의 기억을 당장이라도 지워 버리고 싶은 마음과 절대로 놓치고 싶지 않은 마음 사이에서 허덕인다. 그런 나를 다른 절반이 다독인다. 나에게는 더 많은 가능성이 있다고. 과거를 깨끗하게 잊고도 살아올 수 있었던 것처럼, 과거를 잊지 않고도 살아갈 수 있을 기라고.

아버지에 대한 기억이 하나둘씩 떠오르며 나는 아버지가 만들고자 했던 세상이 어떤 모습이었을지 알 수 있었다. 아버지는 내게 많은 말을 해 주었다. 어린 시절의 나는 이해하기 힘든 말들이었다. 그 말들은 십 년이 지난 지금, 기억을 지운 삶을 살아 보고 난 후에야 비로소 이해되었다.

그게 아버지가 꿈꾸던 뉴럴 소켓의 기능이었다. 아버지는 뉴럴 소켓으로 사람들의 기억을 완전히 지워 버리려 한 게 아니었다. 그저 아픈 기억을 조금 덜 떠오르게 해 힘듦을 극복하고, 동시에 그 기억을 안고 살아갈 수 있도록 도와주고 싶었던 거였다. 그 기능을 악용하여 기억을 완전히 지우고 더 나은 삶을 바라지조차 않게 만들어서 어떤 환경이 주어지든 모두가 불만 없이 살아가는 세상을 만드는 건 결코 아버지의 뜻이 아니었다.

그리고 나는 장인철 이사장이 내게 기억을 돌려준 이유도 어렴풋이 짐작할 수 있었다.

"얘가 수현이라고요?"

서주미 대표가 날 찾아온 건 보름쯤 지난 후였다.

"흠, 옛날 얼굴이 좀 남아 있네. 그런데 애가 왜 이리 엉망이 됐어요? 피부 관리도 하나도 안 하고. 지금 한창 크는 앤데."

"이한이가 키웠어도 뭐 달랐겠어? 평범, 평범, 그렇게 노래를 불렀으니."

"그렇기야 하겠죠. 그런데 이제 와서 왜 데려다 기르시겠다는 거예요? 기억까지 돌려주고. 나한테는 한마디 상의도 없이."

"그럼 노역장에 그냥 내버려 두나? 아무리 그래도 이한이 아들인데. 그리고 자네에게 말해 봐야 괜히 마음만 번잡했을 거 아닌가. 안 그래도 혜나 때문에 신경 쓸 일이 많았을 텐데."

혜나의 이름을 말하자 서주미 대표의 눈빛이 순간적으로 날카로워졌다. 장인철 이사장은 슬그머니 시선을 돌리며 모른 척했다. 서주미 대표는 이사장을 한 번 훑어보더니 차가운 목소리로 쏘아붙였다.

"이사장님, 요즘에 좀 한가하신가 봐요. 디바인 프로그램이 너무 완벽하게 돌아가니까 하실 일이 별로 없죠? 그래요, 뭐, 유이한의 아들이라……. 잘 키워 보세요. 근형이보다야 똑똑하겠죠. 아무래도 타고난 게 있을 테니까."

이번에는 이사장의 얼굴이 시커멓게 변했다. 서주미 대표는 가볍게 코웃음을 치고는 나를 돌아보며 억지로 꾸민 티가 줄줄 흐르는 다정한 목소리로 말했다.

"수현아, 기억은 많이 돌아왔니? 나 알아보겠어?"

"조금씩 돌아오고 있는 중이에요. 혜나 어머니, 맞으시죠?"

"그래. 그러고 보니 너 옛날에 혜나랑 엄청 친했는데. 둘이 아주 죽이 잘 맞았지. 셋이 같이 붙여 놔도 꼭 너희 둘만 따로 놀아서 근형이 어미님이 많이 섭섭해하셨다니까."

"네에. 사실 그렇게까지 자세히는 기억이 잘 안 나서요."

"워낙 어릴 때니까. 그런데 이렇게 커서 다시 만나다니 인연은 인연이지 뭐니. 너희 둘이 놀 때마다 내가 쟤네 둘 언젠가는 사고 한번 크게 칠 거라고 그랬는데. 아유, 그래, 뭐 다 그러고 크는 거지. 이왕 사고를 치려면 아주 스케일 크게 쳐야 해. 그래야 나중에 큰일도 하는 거지. 이사장님, 안 그래요?"

이사장은 대답 대신 불편한 표정으로 헛기침을 한 번 했다. 서주미 대표는 다시 나를 돌아보고는 손으로 머리카락을 쓸어내리며 말했다.

"언제 한번 놀러 와. 지금은 혜나가 좀, 바쁘거든. 조만간 연락할게."

서주미 대표는 손을 가볍게 흔들어 인사하고는 이사장과 함께 나갔다. 둘 사이가 그다지 편한 관계가 아니라는 건 내가 봐도 분명했다. 그리고 그게 이사장이 내게 기억을 돌려준 이유였다.

이사장이 마련한 화려한 별채에 갇혀 있게 된 지 한 달쯤 지났을 때, 백태희가 나타나 나를 이사장실로 데려갔다. 펌웨어 업데이트 전날인 일요일 밤이었다.

"그래, 기억은 많이 돌아왔나?"

"네. 말씀하신 대로 시간이 갈수록 점점 더 오래된 기억들이 떠오르고 있습니다. 너무 어릴 때의 일이라 조금 희미하긴 하지만요."

"아버지에 대한 기억도 나고?"

"그럼요. 아버지가 제게 참 많은 걸 알려 주셨더라고요."

"그런가? 그렇겠지. 그래야지."

내 대답을 들은 이사장이 흡족한 미소를 지었다. 그러고는 본격적으로 이야기를 꺼냈다.

"오늘 여기 왜 왔는지 알겠나?"

"제게 하신다는 부탁 때문 아닐까요?"

"그 부탁이 뭔지도 짐작이 가나?"

"글쎄요. 그건 이사장님께 직접 듣는 편이 나을 것 같습니다."

"그래. 괜히 시간 낭비할 필요 없겠지. 핵심만 말하자면, 자네 아버지인 유이한이 꿈꾸던 세상은 지금 서주미 대표가 만든 세상과는 좀 다르다네."

그 점은 나도 알고 있다. 그리고 내가 알기로 장인철 이사장은 서주미 대표가 만든 세상을 적극적으로 이용하며 이득을 챙겨 온 사람이다. 심지어 자신을 인상 좋고 너그러운 사람으로 포장하는 용도로도 써먹었다. 지금 욕심에 가득 찬 눈을 이글거리며 내 눈앞에 앉아 있는 사람은 영상과 칩을 통해 보아 오던 인자한 이사장과는 전혀 다른 사람이었다.

하지만 그런 생각을 하는 티를 낼 수는 없었다. 나는 이사장의 말에 깊이 공감하는 척 고개를 끄덕였다. 이사장이 물었다.

"자네가 달고 있는 소켓이 왜 특별한지 알아냈나?"

"짐작은 갑니다. 제 소켓에는 정보가 조작된 세상과 진짜 세상을 교묘하게 겹쳐서 보여 주는 기능이 있으니까요. 지금까지는 그냥 소켓의 오류인 줄 알았습니다. 이제야 그게 아버지가 일부러 넣은 기능이라는 걸 알게 되었죠."

"그래, 그렇다네. 이한이는 처음부터 소켓으로 정보를 조작하는 걸 못마땅하게 생각했지."

"그런데 잘 이해가 안 갑니다. 그럼 아버지는 왜 그런 기능을 개발하신 거죠? 처음부터 아예 정보를 필터링하는 기능을 넣지 않았으면 될 텐데요."

"설명하자면 복잡하네만, 결론만 말하자면 그런 기능 없이는 뉴럴 소켓을 만드는 것 자체가 불가능하기 때문이라네. 소켓 자체가 뇌에서 특정한 정보를 떠올릴 수 있도록 만드는 도구니까. 그러니 그걸 가지고 어떤 정보를 떠올리지 못하게 만드는 건 너무나 쉽지. 자기가 넣지 않아도 다른 사람이 간단히 만들어 넣을 수 있다는 걸 이한이는 잘 알고 있었다네. 그래서 정보를 떠올리는 것과 떠올리지 못하게 하는 것 모두 완벽하게는 작동하지 않도록 소켓을 설계했지."

"하지만 디바인에서는 아버지의 설계를 채택하지 않았군요."

"그래. C407 모델을 출시하기는 했지만 이런저런 핑계를 대면서 핵심적인 회로는 빼 버렸어. 결국 유이한의 설계가 전부 들어간 소켓은 딱 하나, 시제품밖에 만들어지지 못했지."

"그게 제가 달고 있는 소켓인가요?"

장인철 이사장이 고개를 끄덕였다. 역시 이사장이 노리고 있는 것은 내 소켓이었다.

"제가 알기로 그때 디바인의 대표는 이사장님이셨는데요. 그럼 아버지가 설계한 소켓을 채택하지 않은 게 바로 이사장님 아닌가요?"

혹시 너무 과도하게 기분을 거스르지는 않았을까 싶어 조심스레 이사장의 눈치를 살폈다. 하지만 이사장은 오히려 내가 그렇게 묻기를 기다렸다는 듯이 눈을 가늘게 뜨고 웃으며 대답했다.

"그렇네. 그때는 이한이의 걱정이 너무 지나쳐 보였으니까. 제작 단가를 올려 가면서까지 그런 회로를 넣을 필요는 없다고 생각했지. 하지만 내가 순진했어. 그 기능을 이용해 정보를 조작하려는 사람이 금방 나타났지."

"그게 서주미 대표인가요?"

"그렇다네. 막아 보려고 했지만 오히려 내가 그룹에서 쫓겨나고 말았지. 그때부터 디바인의 독주가 시작됐어. 부패한 정치가들과 밀약을 맺고 난 후로는 서주미를 막을 방법이 없었다네. 사람들이 정권에 순종하게 만드는 대신 디바인 그룹은 부와 권력을 보장받았네. 그 결과가 지금의 세상이지."

"그럼 이사장님은 지금 세상에 반대하시는 건가요?"

내가 묻자 이사장은 한숨을 쉬며 자리에서 일어나 창가로 걸어갔다. 어두워진 창밖으로 점점이 켜진 불빛들이 반짝였다. 도시는 언제나처럼 평화로웠다. 혜나와 우리가 벌인 소동은 도시에 작은 파문조차 일으키지 못했다. 이사장이 말했다.

"반대하지. 서주미가 꿈꾸는 세상보다 유이한이 꿈꾸던 세상이 훨씬 바람직하다는 걸 이제야 깨달았으니까. 하지만 손쓸 방법이 없었네. 서주미의 동의를 얻지 않고는 세상을 바꿀 수 없어. 나 혼자서는 할 수 있는 일이 아무것도 없다네."

그러고는 나를 돌아보며 힘주어 말했다.

"자네의 도움이 없다면 말이지."

"네? 제가 말입니까?"

"그래. 아버지와의 기억을 떠올리며 뭔가 알아낸 것이 없었나?"

이사장이 뭘 원하는지는 짐작이 갔다. 아버지는 나를 자주 실험실에 데려갔었다. 조금씩 기억을 떠올리며 나는 그때 아버지가 내게 했던 말들, 외우게 했던 과정들을 하나씩 되새겼다. 그게 얼마나 중요한 것이었는지 그때는 몰랐다. 그게 바로 이사장이 원하는 기억이었다. 순순히 내주고 싶지는 않았지만, 지금은 우선 이사장의 도움이 필요했다.

"기계가 가득한 방에서 아버지와 무언가를 했던 기억은 납니다. 하지만 그게 뭔지, 그걸로 뭘 할 수 있는지는 잘 모르겠습니다."

"그래! 기억이 난단 말이지!"

이사장의 눈이 반짝 빛났다. 하지만 이내 흥분을 가라앉히려는 듯 가볍게 심호흡을 하며 내게 다가와 말했다.

"유이한은 뉴럴 소켓만 만든 게 아니야. 뉴럴 소켓의 펌웨어를 업데이트하는 서버 전체를 설계했지. 보안 시스템까지 포함해서. 그래서 원래 펌웨어 업데이트는 나와 서주미 그리고 유이한 세 명의 생체 정보를 인증해야만 가능하도록 되어 있었어. 이한이가 죽고 난 뒤에는 나와 서주미 두 명의 생체 정보로 인증할 수 있게 됐지. 하지만 나는 알고 있었어. 유이한이라면 분명 자신만 아는 다른 인증 방법을 숨겨 뒀을 거라는 사실을."

"그게 설마 저입니까?"

"그렇지 않나? 되돌아온 기억 중 분명 그런 내용이 있을 텐데."

"비슷한 설명을 들었던 것 같습니다. 중요한 거니까 꼭 외우라고 하셨죠. 그때는 그걸 어디에 쓰는지 몰랐지만요."

"그래서, 기억할 수 있나?"

"도와주시면 가능할 것 같습니다. 그런데 아직 실험실이 남아 있나요?"

"그대로 있지. 디바인의 중앙 제어실은 하나도 파괴되지 않았으니까."

예상한 대로였다. 장인철 이사장이 내게 원하는 건 펌웨어 업데이트였다. 아버지와의 기억을 떠올리며 그 사실을 분명하게 깨달을 수 있었다. 이사장은 서주미 대표 몰래 펌웨어를 업데이트해 사람들의 뉴럴 소켓이 자신에게 유리하게 작동하도록 바꾸어 놓을 생각이었다. 그렇게 해서 서주미를 몰아내고 자신이 다시 디바인의 대표가 되는 게 이사장의 계획일 것이다.

이사장이 원하는 세상은 분명 서주미 대표가 원하는 세상과 다르다. 이사장은 세상을 뒤집으려 한다. 하지만 그게 아버지가 원하던 세상과 같을까? 아마 아닐 것이다. 혜나와 우리가 원하는 세상과는 더더욱 거리가 멀 것이다.

하지만 내가 할 수 있는 선택은 이게 최선이었다. 이사장의 계획을 거부하고 다시 노역장으로 끌려 내려가는 것보다는 이쪽이 나았다. 나는 이사장을 바라보며 말했다.

"그럼 더 망설일 이유가 없네요. 전 준비됐습니다."

6

나와 장인철 이사장을 림보의 제어실까지 안내하는 일은 이번에도 백태희가 맡았다. 엘리베이터 문이 열리자 바로 서버들이 늘어선 거대한 제어실이 보였다. 엘리베이터의 강철 문은 한 치의 오차도 없이 맞물려서 다시 닫히고 나자 문이 있었던 흔적조차 보이지 않았다. 제어실에서 빠져나올 때 민중이가 카드 키로 열었던 문과 같은 구조였다.

내가 기억하는 실험실은 제어실의 거의 정중앙에 자리 잡고 있었다. 이 미터 높이의 칸막이로 복잡하게 나뉜 미로 같은 길을 따라가다 보니 농구 코트만 한 넓은 공간이 나타났다. 한가운데에 있는 구조물도 기억과 같았다. 등받이가 기울어진 푹신한 의자 주변을 수많은 광케이블이 휘감고 있었다. 주위를 둘러보니 검은 옷을 입은 유령들이 실험실 벽 곳곳에 숨어 우리를 지켜보고 있었다. 내 표정에서 긴장감이 드러났는지 이사장이 달래듯 말했다.

"너무 겁먹지 말게. 모두 내 명령을 따르는 부하들이니까. 어떤가, 여기가 기억나나?"

"네. 기억 그대로입니다. 정말 하나도 변하지 않았군요."

"그럼 이 의자를 어떻게 쓰는지도 알겠군."

"네. 그런데 좀 작아 보이네요. 엄청나게 컸던 걸로 기억하는데."

"핫핫핫. 자네가 커진 거지. 그래도 몸에는 더 잘 맞을 걸세. 원래 성인용으로 제작된 거니까. 준비되었나?"

나는 고개를 끄덕이고는 의자에 앉았다. 등받이에 몸을 기대자 백태희가 내 팔과 다리를 움직이지 못하도록 단단히 고정시켰다. 이사장이 다시 한번 설명을 늘어놓았다.

"아프지는 않을 걸세. 혹시라도 반사적으로 움직이다가 소켓에 무리라도 가면……."

"알고 있습니다. 아버지가 다 설명해 주셨었으니까요. 몸에서 힘을 빼고 가만히 있으면 되는 거죠?"

"맞네. 자네는 그냥 가만히 있으면 돼."

"알겠습니다. 걱정 마세요."

팔다리에 이어 이마까지 묶고 나자 머리 위에서 거대한 케이블 뭉치가 내려왔다. 그 끝에는 보통 크기의 시냅스 칩 하나가 달려 있었다. 저걸 내 뉴럴 소켓에 꽂으려는 모양이었다. 필사적으로 심호흡을 하며 마음을 가라앉히려 했지만 몸이 떨리는 걸 참기 힘들었다. 단단히 묶여 있는 게 차라리 다행이었다.

백태희가 칩을 내 소켓 바로 아래쪽에 가져다 대고는 안쪽으로 밀어 넣었다. 그 다음은 보통 칩을 인식할 때와 같았다. 지문으로 인증하고 버튼과 생각으로 연결을 허용했다. 이사장이 가늘게 숨을 내쉬는 게 보였다.

"연결 확인됐습니다. 시작할까요?"

"시작하게. 유수현, 머릿속에 해제 경고가 떠오를 때마다 승인해 주기만 하면 되네. 칩 연결을 허용하는 것과 똑같아. 어렵지 않을 걸세. 자, 기억을 잘 떠올리면서 집중하게."

아버지는 어린 나를 이곳에 데려와 여러 가지를 테스트했다. 그러면서 왜 내게 이런 소켓을 달아 주었는지, 아버지가 꿈꾸는 세상은 어떤 모습인지, 그러려면 뉴럴 소켓에 어떤 기능이 들어 있어야 하는지를 설명해 주었다. 이제 갓 초등학교에 들어간 내가 이해하지 못할 말들이었지만, 그 말들은 내 뇌 깊은 곳에 분명하게 새겨졌다.

아버지는 어쩌면 이런 일이 있을 거라고 미리 예상했을지도 모른다. 펌웨어를 업데이트할 수 있는 건 엄청난 권력이고, 그걸 쥔 사람은 뉴럴 소켓의 기능을 마음대로 바꿔 세상을 자신이 원하는 모습으로 만들 수 있다는 사실을. 한때 동료였던 두 사람이 언젠가는 생각이 다른 자신을 내쫓을 수도 있다는걸.

이제 겨우 초등학생인 아들에게 보안 시스템을 무력화할 수 있는 소켓을 시술하고 그 방법을 알려 준 건 어찌 보면 잔인한 일이다. 내가 위험해질지도 모른다는 생각은 안 했을까. 조금 서운한 마음도 든다.

하지만 그것 역시 운석 탓일지도 모른다. 아버지는 내가 어른이 될 때까지 많은 것을 가르쳐 주며 계속 옆에 있어 줄 생각이었을 것이다. 뉴럴 소켓이 바꾸어 놓을 세상이 어떤 모습이 될지는 몰라도, 그 세상에서 내가 최대한 많은 선택권을 누릴 수 있도록 최선을 다했을 것이다. 보안 시스템을 깰 수 있는 능력까지 준 건 아버지답게 좀 과해 보이기는 하지만.

그래도 아버지가 돌아가시는 그 순간까지 내게 주려고 했던 건 엄청난 능력이 아니라 평범한 삶이었다. 내게 엄청난 능력을 숨겨 두었기 때문에 아버지는 더더욱 내가 평범한 삶을 살아야 한다고 생각했다. 세상 사람들이 전부 다 쓰는 물건을 만드는 사람은 세상 사람들이 뭘 좋아하는지 알아야 하고, 그러려면 세상 사람들과 같은 삶을 살아야 한다는 게 아버지의 생각이었으니까.

아버지와의 기억을 되새기며 나는 아버지가 뭘 원했는지를 분명하게 이해할 수 있었다. 그런 아버지의 기대를 내가 만족시킬 수 있을까. 지금 나는 아버지가 내게 남겨 준 능력을 쓰려고 하고 있다. 내가 내린 결정이 과연 올바른 것일까.

결과가 어떻든, 이제는 되돌릴 수 없다.

이사장은 자신의 권한으로 내가 펌웨어 업데이트 시스템에 접근할 수 있도록 허용해 주었다. 마지막 단계인 서주미 대표와 장인철 이사장 두 사람의 생체 인증만을 남겨 놓고, 이사장은 내가 묶여 있는 의자에서 뻗어 나온 케이블을 업데이트 시스템에 연결했다.

인증은 어렵지 않았다. 나는 아버지가 가르쳐 줬던 대로 인증 메시지에 생각을 집중했다. 모니터에 보안 시스템이 해제되었다는 메시지가 하나씩 추가될 때마다 이사장의 눈썹이 조금씩 치켜 올라갔다. 모듈 해제율을 나타내는 바가 백 퍼센트에 도달한 순간, 이사장은 참지 못하고 탄성을 내질렀다.

"됐어! 아하하하하! 정말로 인증 시스템이 뚫렸군. 이제 이 시스템은 전부 내 거야! 서주미 이 인간을 어떻게 요리해 줄까. 감히 나를 내쫓아? 일단 인증 권한부터 뺏어야겠지. 그리고 시스템에서 삭제해 버릴 거야. 디바인의 대표는 처음부터 지금까지 나 장인철이었다고! 이번 업데이트로 모든 사람이 그렇게 믿게 되겠지. S0912! 펌웨어 업데이트는 준비됐나?"

장인철 이사장이 백태희를 돌아보며 외쳤다. 우려하던 그대로였다. 장인철 이사장이 꿈꾸는 세상은 서주미 대표가 꿈꾸는 세상

과 다르지 않았다. 그저 두 사람의 위치만 바뀔 뿐이었다. 나는 의
자에 묶인 채로 소리쳤다.

"이사장님! 약속과 다르지 않습니까!"

"시끄러워! 멍청한 녀석. 그 아버지에 그 아들이군. 세상은 말야,
그렇게 만만한 곳이 아냐. 뭐? 평범한 사람들이 행복한 세상? 그런
건 존재하지 않아. 그런 나약한 생각을 하는 순간 도태되어 버릴
테니까. 내가 권력을 쥐지 않으면 다른 녀석이 쥐게 되는 거야. 알
겠어?"

"가만두지 않을 거예요! 절대로!"

"그래, 그렇겠지. 그러니 나도 널 가만히 둘 수는 없지. 인증 시
스템은 이미 뚫렸으니 이제 넌 필요 없어. S0912, 쏴 버려!"

백태희가 나를 돌아보았다. 속을 알 수 없는 차가운 눈빛이었다.
정말로 이렇게 끝난다고? 내 선택이 잘못된 걸까. 나는 간절한 눈
으로 백태희를 바라보았다. 백태희가 허리에 차고 있던 총을 꺼내
안전장치를 풀었다.

나는 눈을 질끈 감았다.

7

'내가 했던 말들, 명심해.'

노역장에 끌려간 이후로 나는 혜나가 내게 마지막으로 한 그 말을 계속 되뇌었다. 그것 말고는 달리 생각할 것도 없었다. 우리의 계획이 실패하고, 나는 유령이 되어 지하 노역장에서 삶을 마감할 거라고 믿고 싶지는 않았다. 혜나가 남긴 말은 내게 이게 끝이 아니라는 믿음을 주었다.

그런데 무슨 말을 명심하라는 걸까.

나는 혜나가 내게 했던 말들을 하나씩 되새겨 보았다. 작전을 시작하기 전에 혜나는 이렇게 말했다.

'명심해. 적의 방심, 그 한 번의 기회를 놓쳐선 안 돼. 유수현, 알겠어?'

기억을 되찾고 싶은지 물었을 때 내가 얼른 대답하지 못하자 이렇게 말하기도 했다.

'다음번엔 분명하게 선택해야 할 거야.'

한 번의 기회란 실패한 우리의 작전을 말하는 것일까. 만일 그렇다면 굳이 그 작전이 실패한 후에 다시 한번 명심하라는 말을 할 이유가 없다. 내가 여전히 무언가를 명심해야 한다면, 그건 적이 방심하는 한 번의 기회가 여전히 남아 있다는 뜻이다. 그리고 그때가 오면 나는 분명하게 선택을 해야 한다.

그게 언제인지 내게 알려 준 건 백태희였다. 나를 이사장실로 밀어 넣기 직전에 백태희는 살짝 몸을 숙여 내 귀에 속삭였다.

"명심해. 적의 방심, 그 한 번의 기회를 놓쳐선 안 돼."

혜나가 한 말과 토씨 하나 틀리지 않고 같았다. 이건 무슨 뜻일까? 백태희는 적이 아니라 우리 편이다. 지금이 그 기회다. 아직 작전은 끝나지 않았다. 우리의 작전은 실패한 게 아니라 아직 진행 중이다. 그런 생각이 들자 눈이 번쩍 뜨였다.

적은 이사장이다. 이사장이 방심할 때를 노려야 한다. 거기까지는 알 수 있었다. 정해진 답이었다. 하지만 내가 어떤 선택을 해야 하는지를 알아내는 건 온전히 내 몫이었다.

이사장이 부모님에 대한 기억을 찾아 줄 줄은 몰랐다. 아버지가 뉴럴 소켓을 만든 개발자일 줄은 더더욱 몰랐다. 놀란 가슴을 진정시키며 나는 최대한 이사장의 의도를 따라가려고 노력했다. 의심받지 않기 위해 적당히 의심하는 척도 했다. 이사장의 목표는 예상했던 대로 날 위하거나 더 나은 세상을 만드는 게 아니었다. 그저 날 이용해 자기 욕심을 채우는 거였다.

내가 할 수 있는 일은 많지 않았다. 이사장을 방심하게 만들었을 수는 있지만 나 스스로 반격할 기회는 없었다. 나는 그저 백태희를, 그리고 마지막 말을 남긴 혜나를 믿는 수밖에 없었다. 내 선택이 옳았을까? 백태희가 권총의 안전장치를 풀 때, 나는 차마 그 광경을 지켜보지 못하고 눈을 꽉 감아 버렸다.

"뭐지? S0912, 제정신인가?"

이사상의 목소리가 들렸다. 당황하거나 떨리는 목소리가 아니었다. 이사장은 지금 백태희가 하는 행동을 전혀 이해하지 못했다. 이사장의 예상을 완전히 벗어난 일이 벌어진 게 분명했다. 방심한 것이다. 나는 조심스럽게 눈을 떴다.

백태희의 총구는 내가 아닌 이사장을 향해 있었다. 제어실을 둘러싸고 있던 유령들이 동요하며 웅성거렸다. 백태희가 번개같이 달려가 업데이트 시스템 앞에 서 있는 이사장의 이마에 총구를 가져다 댔다.

"백소희! 고민중! 앞으로! 나머지는 제자리!"

백태희의 명령과 동시에 구석에 있던 유령들 중 두 명이 튀어나왔다. 한 명은 내게 달려와 시냅스 칩과 잠금장치를 제거하고 다른 한 명은 패널로 달려가 펌웨어 업데이트 시스템에 무언가를 연결했다. 이사장은 아직도 무슨 일이 일어나고 있는지 제대로 이해하지 못하고 있는 것 같았다. 아니, 이해하고 싶지 않은 것 같았다.

"이게 뭐 하는 짓인가? 이러고도 무사할 것 같아?"

"피를 볼 각오도 안 하고 혁명을 시작하는 사람도 있나? 머리통 날아가고 싶지 않으면 가만히 있어."

"혁명? 고작 이걸 가지고 혁명이라고? 펌웨어 업데이트 따위 되돌리면 그만이야. 날 죽여 봐야 권력은 다시 서주미에게 돌아가겠지. 설마 서주미가 시킨 건가? 날 제거하려고 함정을 판 거야?"

"네 녀석 다음은 서주미야. 너희가 무슨 짓을 했는지 모든 사람이 알게 될 거다. 더 이상은 사람들의 눈을 가릴 수 없어."

"사람들? 사람들은 아무런 불만도 없어. 우리가 만든 세상에 모두 만족하고 있다고!"

"그야 너희가 불만조차 가지지 못하도록 뇌를 조작했으니까."

"그게 뭐? 평범한 사람들이 자기 욕구를 제대로 만족시킬 줄 알기나 하나? 그게 애초에 가능해? 어차피 내버려 두면 서로 물어뜯다가 죽어 나갈 인간들이야. 분수에 맞지 않는 욕망 따위가 뭐 그리 소중한가. 우린 그런 짐승 같은 인간들에게 가벼운 진정제를 놓아 줬을 뿐이야. 그게 잘못인가?"

그 말을 들은 백태희가 총구를 밀어붙여 이사장의 머리를 벽에 찍어 눌렀다. 그러고는 이사장의 양복 안주머니에서 메모리 칩 하나를 꺼냈다.

"분수에 맞지 않는 욕망이란 이런 걸 말하는 거지. 장인철 네가 업데이트하려고 했던 것 말야. 서주미를 끌어내리고 권력을 차지하려는 욕심. 자, 과연 누가 짐승 같은 인간이지? 서로 물어뜯다가 자멸할 인간들이 누구야?"

이사장은 대답할 말을 찾지 못한 채 이를 부드득 갈았다. 그렇다고 그 말을 인정한 건 아니었다. 이사장은 잡아먹을 듯한 눈으로 백태희를 노려봤다.

"이런다고 뭘 할 수 있을 것 같아? 이 녀석들 다 쏴 버려! 내가 죽어도 상관없다! 명령이다! 당장!"

이사장이 목에 핏대를 세우며 외쳤다. 머뭇거리던 유령들이 하나둘씩 총을 들고 앞으로 걸어 나오기 시작했다. 백태희를 돕는 건

나를 의자에서 풀어 주고 있는 소희와 펌웨어를 업데이트하고 있
는 민중이 둘뿐이었다. 열 명도 넘는 나머지 유령들은 여전히 이
사장의 명령을 따르고 있었다. 이사장이 다시 한번 소리치자 유령
들이 총을 들어 백태희를 겨눴다. 보란 듯이 이사장의 이마를 총구
로 짓눌러 봐도 소용이 없자 백태희는 소희를 돌아보며 외쳤다.

"백소희! 이거 정말 괜찮은 거니? 난 안 보여서."

"걱정 말아요, 언니. 이미 세팅 끝났으니까."

세팅이 끝났다고? 아무리 둘러봐도 다가오는 유령들을 상대할
방법은 없어 보였다. 가장 앞에 있던 유령 하나가 백태희를 향해
달려 나왔다. 하지만 그 유령은 얼마 다가오지도 못하고 무언가에
발이 걸리며 달려오던 속도 그대로 고꾸라졌다. 동시에 제어실 곳
곳에서 유령들이 쓰러지는 소리가 들리기 시작했다. 유령들은 진
짜 유령이 나타나기라도 한 듯 혼란에 빠졌다.

시냅스 칩을 빼고 잠금장치에서 풀려난 뒤에도 나는 한동안 의
자에서 일어나지 못했다. 보안 시스템을 해제하는 루틴이 뇌 속을
마구 헤집어 놓은 모양이었다. 겨우 정신을 차리자 유령들이 허우
적대는 모습이 보였다. 그리고 유령들을 그렇게 만드는 사람들이
그제야 눈에 들어왔다. 청소복을 입은 아주머니들과 경비복을 입
은 아저씨들이 사방에서 유령들을 공격하고 있었다. 가장 열심히
뛰어다니는 건 물론 양미숙 씨였다. 그들이 여기 있으리라고 상
상조차 하지 못하는 다른 사람들의 눈에는 그들의 모습이 보이지

않았다.

"뭐 하는 거야? 전부 쏴 버리라니까! 다 죽여 버려!"

이사장이 악에 받혀 소리쳤다. 실험실 안에는 비상 상황을 알리는 경보음이 울리고 있었다. 보이지 않는 노동을 하던 분들이 무장한 유령을 상대하는 데는 한계가 있을 것이다. 또 유령들이 공격당하는 상황이 계속되면 결국에는 저분들의 모습이 여기 있는 모든 사람의 눈에 보이게 된다. 그 전에 업데이트를 마치고 빠져나갈 수 있을까. 같은 생각을 했는지 백태희가 민중이를 보며 외쳤다.

"얼마나 남았어? 잘되고 있는 거야?"

"문제는 없어요. 예상대로 되고 있는데, 시간이 더 필요해요. 워낙 대규모 업데이트라."

"확실하게 해. 기회는 한 번뿐이니까. 그런데 얘들은 왜 소식이 없어?"

백태희가 그렇게 말하자마자 바깥쪽에서 거대한 폭발음이 들렸다. 무언가 무너지는 소리와 함께 자동차들이 시끄럽게 경적을 울리며 달려오는 소리가 들렸다. 수십 대의 차가 동시에 울리는 경적 소리가 꼭 음악 같았다. 제어실 천장에서 먼지가 우수수 떨어졌다. 백태희가 눈살을 찌푸리며 말했다.

"요란하기는. 그래도 늦지는 않았네."

또 한 번의 폭발음과 함께 제어실 문이 열리는 소리가 들렸다.

우당탕탕거리며 몰려오는 것이 훈련을 받은 유령 같지는 않았다. 잠시 후, 누군가가 뛰어들어 오더니 깃발을 휘두르며 외쳤다.

"다들 총을 버려! 혁명에 동참해라! 진정한 노블레스 오블리주를 보여 주겠어! 양민준! 양민준 어딨어!"

"아휴, 저 멍청이."

소희가 한숨을 내쉬었다. 뛰어들어 온 건 장근형이었다. 그 뒤를 따라 구한서도 들어왔다. 구한서는 그 어느 때보다 신나 보였다. 바깥에서는 차들이 여전히 경적을 울려대며 제어실 주위를 돌고 있었다. 그게 끝이 아니었다. 두 사람과 함께 비쩍 마른 사람들이 비틀대며 몰려들어 왔다. 노역장에 붙잡혀 있던 사람들이었다. 힘이 없어 보이긴 했지만 수는 유령들보다 훨씬 많았다.

"너, 너 이 녀석! 네가 여기서 뭐 하는 거야!"

그때까지도 이글거리는 눈으로 백태희를 노려보던 이사장이 장근형을 보고는 처음으로 당황한 모습을 보였다. 장근형은 자신의 아버지를 힐끗 쳐다보더니 모르는 척 고개를 돌렸다. 이사장은 그제야 상황이 심상치 않다는 걸 깨달은 듯 덜덜 떨며 바닥에 철퍽 주저앉았다.

"근형아, 어떻게 너까지? 여기서 뭐 하는 거야?"

내가 묻자 장근형은 평소처럼 뻐기는 모습으로 어깨를 으쓱하며 대답했다.

"뭐긴. 도와주러 온 거지. 내가 아니면 이런 일을 또 누가 하겠냐. 왜, 오늘도 내 도움은 받기 싫어?"

"아니, 아냐. 도와줘. 그냥 너까지 이 일에 동참할 줄은 몰랐어서."

"내가 왜 안 하는데? 양민준을 구하는 일이라며? 그런 일에 내가 빠지면 되겠어?"

"그럼 당연하지! 네가 빠지면 안 되지! 역시 장근형이야. 최고!"

소희가 얼른 끼어들며 엄지를 치켜들었다. 실험실 안으로 몰려든 사람들이 바닥에 쓰러진 이사장을 둘러싸자 백태희는 그제야 총을 거두고 뒤로 물러났다. 그러고는 소희를 향해 다가왔다. 소희가 달려가 백태희의 품에 안기자 백태희는 소희를 꼭 껴안고는 머리를 쓰다듬어 주었다. 두 사람은 누가 봐도 가족이었다. 얼굴만 봐도 알 수 있었다.

"업데이트 완료! 모든 기억 필터링이 해제됐어요!"

민중이가 외쳤다. 사람들이 환호성을 질렀다. 구호를 외치는 사람들 사이에 어느새 총을 버린 유령들도 끼어 있었다. 백태희가 외쳤다.

"좋아! 다음 목표는 디바인 빌딩이다! 모두 전진!"

하나가 된 사람들이 줄을 지어 제어실 밖으로 행진하기 시작했다. 겨우 몸을 일으켜 그 뒤를 따르려는 나를 민중이가 붙잡았다.

"우리가 갈 곳은 따로 있어. 자, 이리로."

8

민중이가 나를 데려간 곳에는 차 한 대가 기다리고 있었다. 수동 운전은 처음 해 보는지 민중이는 조심조심 차를 몰아 지상으로 끌고 나왔다. 6구역 쪽으로 행진하는 군중과는 달리 차가 향하는 곳은 12구역이었다. 림보로 들어갈 때 통과했던 터널을 되짚어 나오자 나와 소희가 발견했던 비밀 통로와 철조망이 보였다. 차를 7번 도로 위에 올려놓고 나서야 민중이는 땀을 닦으며 어딘가의 경로를 입력했다.

"어디 가는 건데?"

"몰라서 물어?"

나는 잠시 머뭇거리다가 다시 물었다.

"혜나는 괜찮아?"

"물론 안전하지. 혜나가 장담했잖아. 그동안 외출 금지였대. 데리러 가야지."

자정을 지난 시간의 12구역은 적막했다. 멀리서 경보를 울리며 달리는 경찰차 소리가 들렸다. 림보에서 일어난 일이 이제야 바깥에 전해지기 시작한 모양이었다. 우리가 탄 차는 언덕 위에 있는 거대한 저택 앞에 멈춰 섰다. 혜나가 밖에 나와 우리를 기다리고 있었다.

"다들 수고했어. 그보다, 미안해. 미리 말해 주지 않은 거."

"미안해 할 필요 없어. 말해 주지 않을 줄 알았으니까."

민중이는 그렇게 대답하며 다시 경로를 입력했다. 차는 6구역을 향해 방향을 돌렸다. 디바인 빌딩으로 향하는 무리에 합류하려는 모양이었다. 차가 속력을 높이기 시작하자 혜나가 나를 바라보며 물었다. 혜나답지 않게 조금 망설이면서.

"저기, 수현이 너, 기억 말야. 얼마나 돌아왔어?"

"꽤 많이? 아마 혜나 너보다 더 생생할걸. 불과 몇 달 전에 겪은 일 같으니까."

"괜찮아?"

사실 괜찮지는 않다. 긴장이 풀리자 부모님을 보고 싶다는 생각이 새삼스레 간절해졌다. 그게 불가능하다는 걸 알면서도 감정이 흔들리는 건 어쩔 수 없었다. 기억을 되찾기 전에 상상했던 것보다 훨씬 힘들다. 솔직히 기억이 없었던 때가 더 행복했던 것 같기도 하다. 하지만 다시 기억을 지우겠느냐고 물어보면 절대로 아니라고 할 것이다. 힘들지만 품고 살아갈 수 있다. 그게 내 선택이다. 무겁게 고개를 끄덕이는 나를 보며 민중이는 반대로 고개를 저었다.

"역시 난 싫어. 기억 같은 거 찾지 않을래. 부모님께는 좀 죄송하지만, 어쨌든 난 이렇게 살아왔고 지금의 내가 마음에 드니까."

"그래. 각자 선택할 일이니까."

혜나가 창밖을 바라보며 말했다. 차가 6구역으로 향하는 터널로 진입했다. 어두운 벽에 박힌 촘촘한 조명들이 별처럼 빛났다. 내가 혜나에게 물었다.

"이 작전 말야, 언제부터 계획한 거야?"

"삼 년쯤 됐어."

"내가 토끼 굴에 찾아가게 된 것도 우연이 아니지?"

"그게 우연일 수가 있겠어? 유수현 네가 없으면 이 계획 자체가 불가능한데. 근처에 공사장을 만들어서 그 골목을 지나는 미션을 받게 한 것도, 네가 올 타이밍에 소희에게 나갔다 오게 한 것도 다 내가 시킨 거야."

"양민준이 납치된 건?"

"그런 것까지 꾸밀 필요는 없었어. 널 데리고 림보로 들어갈 방법은 수도 없이 많았으니까."

"아 참, 나도 궁금한 게 있는데."

민중이가 끼어들었다. 우리가 돌아보자 민중이는 무언가를 계산하는 듯 손가락 끝을 딱딱 마주치며 물었다.

"다른 건 다 짐작이 가는데, 수현이 소켓에 보안 시스템을 뚫을 키가 들어 있다는 건 어떻게 안 거야? 그걸 아는 건 장인철 이사장뿐이었잖아. 기록이 남아 있었을 리도 없고. 심지어 서주미 대표도 몰랐던 거 아냐?"

혜나는 대답 대신 나를 돌아보았다. 그리고 내 표정을 보더니 살짝 미소 지었다. 민중이가 미간을 찌푸리며 투덜댔다.

"뭐야, 뭔데? 수현이 넌 알아?"

물론 나는 안다. 기억이 난다. 아버지가 나에게 보안 시스템을 해제하는 법을 알려 줄 때, 실험실에는 한 사람이 더 있었다. 내가 의자에 앉아 소켓에 칩을 연결하는 동안 혜나는 구석에서 제어실 가득 들어찬 서버들을 구경하며 신기해하고 있었다. 아버지가 왜 혜나를 거기까지 데리고 갔었는지는 잘 모르겠다. 혜나가 나와 같이 가겠다고 떼를 썼던 것 같기도 하다. 그건 우리 셋만의 비밀이었다.

그 기억이 떠올랐을 때, 나는 어쩌면 정말로 혜나의 계획이 성공할지도 모르겠다는 생각이 들었다. 아니, 반드시 성공할 거라고 믿었다.

차가 터널을 빠져나와 6구역을 가로질렀다. 아직 조용한 12구역과는 달리 6구역에서는 거리로 뛰쳐나온 사람들이 심심치 않게 눈에 띄었다. 펌웨어 업데이트가 완료되면서 사람들의 기억을 조작하는 필터가 해제되었다. 물론 그렇다고 당장 모든 기억이 돌아오는 건 아니다. 잃어버린 기억을 되찾으려면 나처럼 칩을 통해 각자의 뇌에 봉인되어 있는 기억을 열어 주어야 한다. 하지만 이번 업데이트만으로도 사람들의 눈에는 안 보이던 것들이 보이기 시작했을 것이다. 그리고 그 차이는 많은 정보를 조작당했던 사람들에게 더 크게 느껴질 것이다.

여기저기서 구호를 외치는 소리도 들려왔다. 사람들은 디바인

빌딩이 있는 3구역으로 향하고 있었다. 소희는 언니와 함께 이미 그곳에 도착했을 것이다. 하지만 우리가 탄 차는 3구역 대신 토끼굴 앞에서 멈춰 섰다. 혜나가 말했다.

"난 여기서 내릴게."

"내린다고? 왜? 같이 안 가?"

"내가 할 수 있는 일은 여기까지야. 나머지는 사람들이 알아서 하겠지. 난 자격이 없어. 나는 바꾸는 쪽이 아니라 바뀌는 쪽이니까."

"자격이라니, 그건 또 무슨 소리야?"

내가 어이없어하면서 묻자 혜나는 내 눈을 똑바로 바라보며 대답했다.

"유수현. 분명하게 다시 말하는데, 난 절대 아무것도 선택하지 않을 거야. 아니, 선택할 자격이 없어. 왜냐면, 난 안전하니까. 난 판단할 자격도 없어. 내가 직접 겪는 일이 아니니까. 그렇다고 해서 내가 가진 힘을 포기할 수도 없어. 그럴 용기가 없으니까."

혜나는 그렇게 말하고는 잠깐 말을 멈췄다. 언제나 진지한 혜나였지만, 그 어느 때보다도 지금 가장 진지했다.

"그래. 난 용기가 없어. 내가 누려 온 사치스러운 삶을 포기하지 못하겠어. 그래서 힘을 포기하는 대신 힘을 쓰는 거야. 다만 난 그 힘을 내가 선택하는 데 쓰지 않을 거야. 선택할 자격이 있는 사람에게 선택권을 주는 데 쓸 거야. 지금까지 너희를 속여 왔던 건 전부 이 마지막 선택권을 주기 위해서였어. 날 이해하겠어?"

이해한다고 대답하기는 힘들었다. 혜나의 삶을 살아보지 않은 나는 혜나의 선택을 완전히 이해할 수 없다. 그래도 혜나의 선택을 받아들일 수는 있다. 어쩌면 아버지도 혜나와 비슷한 생각을 했는지도 모르겠다. 그게 아버지가 그토록 고집스럽게 평범한 삶을 살려고 했던 이유였을 것이다.

혜나가 다시 한번 또박또박 말했다.

"우리가 벌인 일 때문에 세상은 시끄러워질 거야. 세상에는 슬픔과 후회와 불만과 분노가 더 많아질 거야. 선택권이라는 건 그런 거니까. 누가 봐도 지금 세상은 평화롭고 평온해. 더 가진 사람도 덜 가진 사람도 자신의 위치에 만족하며 살아. 그게 자신이 가질 수 있는 전부라고 생각하니까. 슬픔은 간단하게 잊고, 그래서 후회도 없어. 불만은 아예 머릿속에 떠오르지 않고, 그래서 분노하지도 않아. 사람들에게 선택권이 없으면 세상은 계속 평화롭고 평온할 거야. 우리가 하려는 일은 그런 세상을 깨는 거야. 그래도, 넌 이걸 하고 싶니?"

혜나의 말을 다시 한번 되뇌었다. 이 일이 정말 옳은 일일까. 더 많은 사람을 힘들게 하진 않을까. 슬픔을 겨우 잊은 사람들을 다시 슬프게 만들진 않을까. 불편함에서 겨우 눈을 돌리고 안식을 찾은 사람들의 눈앞에 다시 불편함을 들이대는 일은 아닐까. 하나하나 다시 생각해 본 다음, 대답했다.

"응. 하고 싶어."

"이 계획이 성공하더라도, 그건 끝이 아니라 시작에 불과해. 우리가 하려는 일은 잘못 쌓은 성을 무너뜨리는 거야. 그걸 다시 쌓는 일은 지루하고 고단할 거야. 도망치지 않을 자신 있어?"

나는 다시 한번 고개를 끄덕였다. 그제야 혜나의 표정이 밝아졌다.

"좋아. 그럼 이제 행운을 비는 수밖에 없겠네. 아 참, 저기 말야, 우리 계획이 성공하고 나면, 나 딱 하나는 내가 선택하고 싶은데."

"뭐야, 이제 와서 무슨 소리야?"

"이름 말야. 이 작전을 부를 이름. 이름 정도는 내가 지어도 되지 않을까?"

에필로그

"저한테 동생이 있다고요?"

"언니, 우리끼리 있을 때는 편하게 말해요."

"편하게 말하는 게 우리 작전에 도움이 되나요?"

"진짜 못 말리겠다. 네, 동생이 있어요. 백소희. 고집까지 언니를 꼭 닮은 동생이에요."

백태희가 이마를 짚고는 무언가를 기억해 내려는 듯 인상을 찌푸렸다. 하지만 이내 고개를 절레절레 저으며 말했다.

"전혀 기억이 안 나요."

"미안해요."

"아가씨가 미안할 게 뭐가 있어요. 기억을 지운 놈들이 나쁜 거지."

"아, 아가씨……. 그건 진짜 싫다. 그 호칭이라도 좀 빼면 안 돼요?"

"오케이. 그래도 말투는 이대로 할 거예요. 그래야 실수할 확률이 줄어드니까."

"어차피 이사장 쪽으로 넘어가면 바꿀 거잖아요. 나랑 원수가 되는 거니까."

"아직은 아니니까요."

"하여튼. 내가 이래서 언니를 믿는다니까요."

"성격이 이 모양이라 이 꼴이 된 거죠. 이렇게 지독한 성격이 쓸 만해서 날 유령으로 만든 거라면서요. 기억도 지워 버리고."

"미안해요."

"그건 됐고요. 해야 할 일이나 다시 한번 알려 줘요."

"그냥 진심으로 나를 미워하면서 이사장에게 충성하면 돼요. 언니를 지하로 떨어뜨린 내게 언젠가는 복수하겠다는 일념으로, 이사장이 시키는 일은 뭐든지 하면서. 그러다가 결정적인 순간에 날 체포하면 되는 거죠."

"그러다가 내가 진짜로 아가씨, 아니, 혜나 씨를 미워하게 될지도 몰라요. 나는 한다면 제대로 하는 사람이니까."

"그럼 더 좋죠."

"좋기는. 독한 게 누군지 모르겠네요. 얼마나 걸릴 것 같아요? 이 작전."

"제 계산으로는 삼 년 정도."

"그럼 삼 년 후에는 동생을 만날 수 있는 거네요."

"네. 동생에 대한 기억도 되찾을 수 있을 거예요. 계획대로만 된다면."

서혜나를 바라보는 백태희의 눈이 조금 깊어졌다. 아직은 기억하지 못하는 어떤 감정이 눈을 통해 흘러나오는 것처럼 보였다. 하지만 백태희는 이내 그 감정을 털어 내고 물었다.

"아, 이 작전, 혹시 이름이 있어요?"

"어떻게 알았어요? 사실 내가 지은 이름이 있기는 한데."

"유치할 것 같은데."

"언니!"

"하하. 농담이야, 농담. 말해 봐요."

서혜나는 조금 망설이다가 대답했다.

"판도라."

"판도라? 왜 하필? 판도라는 나쁜 뜻 아닌가? 판도라의 상자를 열면 온갖 나쁜 것들이 튀어나오잖아요."

"질병, 슬픔, 가난, 전쟁, 증오. 그런 것들이 판도라의 상자에서 나왔다고 하죠. 신은 그것들을 상자에 넣어 숨겨 놓고 절대 열어 보지 말라고 했다고 해요. 꼭 디바인이 하는 짓 같지 않아요? 마치 세상에 그런 것들이 하나도 없는 것처럼, 그저 평화롭고 평온한 것처럼 믿고 살아가게 만들잖아요."

"흠, 무슨 말인지 알겠어요. 그러니까 그걸 열어서 사람들에게 보여 주겠다는 거죠? 멋진데?"

"항상 궁금했어요. 왜 맨 마지막에 남아 있는 게 희망인지. 장난 치는 것도 아니고. 하지만 보지 않으면 바꿀 수도 없잖아요. 불편한 진실이죠. 상자를 열고 세상이 불평등하다는 걸 확인하지 않으면 바꿀 수 있다는 희망도 품을 수 없으니까."

"좋아요. 판도라 작전, 한번 열어 보자고요!"

작가의 말

　판도라는 그리스 신화에 나오는 인물입니다. 프로메테우스가
천상의 불을 훔쳐 인간에게 전해 주자 이에 분노한 제우스가 프
로메테우스의 동생인 에피메테우스에게 판도라를 빚어 선물했다
고 하죠. 세상의 온갖 불행이 들어 있는 상자와 함께 말이죠. 판도
라는 상자를 절대 열지 말라는 경고를 받지만, 호기심을 이기지
못해 상자를 열고 결국 질병, 슬픔, 가난, 전쟁, 증오와 같은 불행
들이 세상으로 퍼져 나가고 맙니다. 모든 불행이 빠져나간 상자
에는 오직 희망만이 남아 있었다고 하네요.
　어릴 때부터 이 이야기가 이상했어요. 프로메테우스가 불을 훔
쳐다 주었다는 이유로 인간에게 끔찍한 불행을 선물로 주다니요.
신이라는 존재가 참 속이 좁구나 싶었어요. 그 불로 인해 인간은
문명을 발전시킬 수 있었던 건데 말이죠. 신은 인간이 불도 없이
비참하게 살아가길 바랐던 걸까요?
　상자에 희망만이 남아 있었다는 건 더 어이가 없었어요. 병 주
고 약 주는 건가 싶었죠. 그렇게 잔뜩 불행을 던져 주고 나서 마지
막에 선심 쓰듯 희망을 주는 게 너무 얄밉지 않나요. 괴로워도 언

젠가는 나아질 거라는 희망을 품고 참으며 살라는 거였을까요. 그 거야말로 요즘 말하는 '희망 고문'인데 말이에요.

판도라가 어리석었다며 원망하는 사람도 있겠지만, 전 솔직히 그것도 신의 옹졸함이라고 느껴졌어요. 애초에 그런 걸 주지 말았 어야죠. 상자 하나도 지키지 못하는 주제에 불을 줘 봐야 제대로 쓰겠냐며 비꼬는 것 같기도 했고요. 뭐, 그런 이유로 저는 판도라 이야기를 별로 좋아하지 않았습니다.

그런데 점점 이 신화가 다른 방식으로 보이기 시작했습니다. 무 엇보다 지혜를 얻은 대가로 불행도 함께 받았다는 부분이 그랬어 요. 나이가 들면서 더 많은 세상을 보다 보니 내가 미처 몰랐던 불 행이 참 많다는 걸 알게 되었거든요. 우리가 아침에 마시는 커피 한 잔을 위해 지구 반대편에서는 누군가가 노예처럼 부려지고 있 었죠. 이를 '불편한 진실'이라고 하더군요. 이 말에는 참 많은 의 미가 담겨 있습니다. 진실을 알면 불편해진다는 뜻이니까요. 신이 판도라의 상자를 선물로 준 건 그런 의미가 아니었을까요. 너희가 지혜를 얻고 싶으면, 세상의 불행을 마주 볼 각오도 하라고.

우리는 과거보다 더 많은 걸 알게 되었습니다. 인터넷을 통해 지구 반대편에서 일어나는 일들도 실시간으로 알 수 있는 세상에 살고 있죠. 그렇게 지혜로워진 우리는 그만큼 많아진 불행들에 과연 어떻게 대처하고 있을까요. 어쩔 수 없는 일이라고 생각하고 못 본 척 눈 감고 있지는 않은가요. 상자 속에 꼭꼭 숨겨 둔 채 절대 열어 보지 않는 식으로요. 열어 보면 불편해지니까요. 당장은 편할지도 모릅니다. 하지만 그렇게 숨겨 둔 불행은 상자 안에서 썩어가며 더 넓게 퍼져 나가다가 결국 우리까지 집어삼키게 될 겁니다.

그렇게 생각하면 상자를 연 판도라와 그 안에 남아 있던 희망을 새롭게 이해할 수 있습니다. 불행은 우리가 눈을 감는다고 사라지지 않습니다. 똑바로 보고 고쳐 나가야 조금씩 줄어들겠죠. 그러니 당장은 불편하더라도, 상자를 열고 안을 들여다봐야 합니다. 그래야 그 불행을 치료할 '희망'이 생길 테니까요.

사실 처음부터 이런 이야기를 쓸 생각은 아니었습니다. 칩을 통해 지식을 쉽게 얻을 수 있는 미래 사회는 어떤 모습일까 상상해 보는 것으로 시작했죠. 다양한 능력을 얻은 주인공들이 등장하는 히어로물을 그려 보기도 했습니다. 빌런은 칩을 이용해 사람들의 기억을 조작하며 음모를 꾸미고요. 그런데 이야기를 구상하다 보니 문득 현실에서 일어나는 일과 그다지 다르지 않다는 생각이 들었습니다. 그래서 처음부터 다시 썼죠.

미래를 배경으로 하고 있지만, 이 이야기에 등장하는 많은 에피소드는 이미 우리가 겪고 있는 일입니다. 같은 도시에 살면서도 부자와 가난한 사람은 전혀 다른 공간에서 다른 관계를 맺으며 살아가죠. 우리가 편하게 살아가기 위해 꼭 필요한 노동을 하는 사람들을 우리의 시선에서 치워 버리거나 보고도 무시해 버리고요. 끔찍한 사고가 일어나도 추모를 하는 것조차 불편해하며 마치 없었던 일인 것처럼 지워 버리려 하죠.

거의 다 쓰고 나서야 제가 쓴 이야기가 판도라의 상자와 무척 닮아 있다는 걸 깨달았습니다. 이야기는 신화와 마찬가지로 판도라가 상자를 연 시점에서 끝납니다. 그 안에서 희망을 보는 건 이야기를 읽은 분들의 몫이라고 생각했거든요.

무겁고 불편할 수도 있는 이야기지만 지루하지 않게 쓰려고 노력했습니다. 편집자님들께서 해 주신 여러 조언이 큰 힘이 되었습니다. 톡톡 튀며 분위기를 이끌어 준 등장인물들에게도 많은 도움을 받았습니다. 특히 백소희에게 감사합니다. 멋지게 표지를 그려 주신 그림 작가님께도 감사 드립니다. 머릿속으로만 상상했던 인물들을 눈으로 볼 수 있다는 것만으로도 보상을 받은 기분입니다. 무엇보다 여기까지 읽어 주신 여러분께 다시 한번 깊은 감사를 드립니다.

기억 삭제, 하시겠습니까?

© 남세오, 2023

초판 1쇄 인쇄일 | 2023년 10월 13일
초판 1쇄 발행일 | 2023년 10월 27일

지은이 | 남세오
펴낸이 | 정은영
편 집 | 전유진 최찬미 전지영
디자인 | 연태경
마케팅 | 이언영 연병선 한정우 윤선애 최문실
제 작 | 홍동근

펴낸곳 | (주)자음과모음
출판등록 | 2001년 11월 28일 제2001-000259호
주 소 | 10881 경기도 파주시 회동길 325-20
전 화 | 편집부 (02)324-2347, 경영지원부 (02)325-6047
팩 스 | 편집부 (02)324-2348, 경영지원부 (02)2648-1311
이메일 | jamoteen@jamobook.com
블로그 | blog.naver.com/jamogenius

ISBN 978-89-544-4961-8 (43810)